心がわり

狸穴あいあい坂

諸田玲子

集英社文庫

目次

月と幽霊 7
父子 51
心がわり 93
大火のあと 135
平左衛門の心 175
小山田家の長い一日 217
夫婦 259
解説 八代有子 303

本文イラスト　村上豊

心がわり

狸穴《まみあな》あいあい坂

月と幽霊

一

今ごろになって、忘れていた暑さがやって来た。

暦の上では花の季節を迎えているはずの萩《はぎ》や藤袴《ふじばかま》はぐったりと首をたれ、反対に長っ尻のつくつく法師がかしましく鳴きたてる。

「夏のあいだは綿入れを出すほどだったのに、ままなりませぬね」

結寿《ゆず》は懐紙で額の汗をおさえた。

今年は冷夏だった。おかげで全国的な凶作になり、大飢饉《ききん》に苦しんだ。江戸でも各所で救米《きゅうまい》による施粥《せがゆ》が行われたが、行き倒れの数は増すばかり。

「ですから申し上げました。なにも、かような日に墓参などなさらずとも……」

女中のお浜《はま》は恨めしげにお天道さまをにらみつけた。みっしり肉がついているから、暑さも結寿の比ではないのだろう。噴き出した汗をしきりに拭《ぬぐ》っている。

お浜の愚痴を聞き流して、結寿は小山田《おやまだ》家の墓所へ歩み寄った。

ここ浄圓寺《じょうえんじ》は小山田家一族の菩提《ぼだい》寺である。

「お婆さまがお気にかけておられたのです。なんぞ夢でもごらんになられたのでしょう。代参いたしますと申し上げたら、ようやく笑顔になられました」

「いちいち真《ま》に受けずとも……。どうせ、すぐに忘れてしまわれるのです」

「いいからお浜、閼伽桶《あかおけ》を」

「はいはい。それにしてもねえ、ご新造《しんぞ》さまのお人よしにもあきれますよ」

ぶつくさ言いながら桶を取りに行くお浜を見て、結寿は苦笑した。

婚家の小山田家には遠縁の老女が居候している。粗略にあつかわれることこそないものの、話し相手のいないお婆さまに、結寿は親しみを感じていた。嫁いで一年、婚家の人々はやさしいが、それがかえって気詰まりで、いまだしっくりとはとけ込めない。消そうにも消せない人の面影が胸の奥に焼きついているせいだろう。

妻木道三郎《つまきみちさぶろう》――。

今では遠い人である。

木陰に身を寄せて待っていると、閼伽桶を手にしたお浜が戻って来た。つんのめりそうな足どりはあわてているのか。監視役として実家からついて来た女中は、ふだんは主《あるじ》よりどっしりと構えている。

「なにをあわてているのですか」

「それが、なにやら薄気味がわるうて……」

「薄気味がわるい？」

「というか物騒な……いえ、なにがあったわけではないのですが……」

とある墓石の陰で男女がひそひそ話をしていた。通りすがりのお浜に気づくと二人はぴたりと話をやめ、お浜を見た。

「男はやくざ者ですよ。なんとも恐ろしげな目でにらまれて、とって食われるかと思いました」

お浜は身ぶるいをしている。

「女のほうも莫連《ばくれん》だったのですか」

「いえいえ、そちらは目をみはるような美女……とはいえ、尋常の女性とも思えません。額からこめかみにかけて傷痕がありましてね、青白い顔をこちらへ向けて凍りつくような目で……おおいやだ、くわばらくわばら」

顔に傷のある女は、この暑いのに髪をたらし、白木綿を裾短に着て白い手甲脚絆《てっこうきゃはん》をつけていたという。斬《き》り殺された女の幽霊が、自分を手にかけた男をあの世へ引きずり込もうとしていたのではないかと、お浜は声をふるわせる。

「幽霊ねえ……」結寿は半信半疑だった。「ともあれ、よかったではありませぬか、この暑さが少しでも和らいで」

「とんでもない。汗がよけいに噴き出しましたよ」

すぐにも逃げ出したがるお浜をなだめて、結寿は墓所に香華をたむけた。

お婆さまが菩提を弔おうという故人がだれなのか、そこまではわからない。この墓所に眠っているかどうかも定かではなかったが、そんなこともどうでもよかった。

お婆さまのお心がやすらぎますように――。

祈ることはひとつである。

「さ、帰りますよ」

「やれやれ、なにごとものうてようございました」

「まだわかりませぬ。帰り道で、ひゅうどろん……」

恨めしやと幽霊の仕草をして見せると、お浜は両手を泳がせた。

「ご新造さまッ」

「フフフ、お浜は見かけによらず怖がりですね」

「ご新造さまこそ、ようもまァ、平然としておられますこと」

「ここは墓地ですもの。幽霊が出たってふしぎはないでしょう。それより、やくざ者と幽霊とはおもしろい取り合わせですね」

「感心している場合ではありません」

言い合いながらも、二人は寺門の外へ出ている。お浜のあとについて遠まわりをしたので、男女の二人づれには出会わなかった。日盛りの道を、主従は汗をぬぐいつつ帰ってゆく。

二

小山田家は麻布《あざぶ》市兵衛町の御先手組《おさきてぐみ》組屋敷内にあった。与力の屋敷は同心の家々より広く、表門には門番がいる。結寿とお浜が門のかたわらの通用門をくぐろうとすると、

「お客人にございます」

と、門番が困惑顔を向けてきた。

「わたくしに?」

「いえ、ご老女さまのご親類だそうで……」

舅《しゅうと》と夫は登城している。義弟は剣術の稽古《けいこ》。姑《しゅうとめ》も買い物に出ていて、あいにく家にはお婆さまと使用人しかいなかった。お婆さまに訊《たず》ねても埒《らち》が明かないので、門番は客人を通してよいものかどうか、頭を悩ませたという。

「それで……」

「お通しいたしました。離れでご歓談されておられるようで……」

「だったら案ずることはないでしょう」

「さようではございますが……」

「まだ、なにか？」

「ずいぶんと、みすぼらしいいでたちでございました」

昨今、どこにでもいる浮浪者、というより、有髪《うはつ》に兜巾《ときん》、袈裟《けさ》を着て笈《おい》を背負った恰好《かっこう》は山伏のようだったという。

「どのようなお人なのですか」

あのお婆さまに山伏の親類がいたとは驚きである。

「それがどうも……」と、門番は眉をひそめた。「毛むくじゃらで、頬紅く、鼻大きく、どんぐり眼《まなこ》をぎょろつかせた大男にて……」

先にヒッと声をもらしたのはお浜である。

そういうことなら、門番が通してよいものか、ためらったのも無理はない。

「では、わたくしが会《お》うてみましょう」

結寿は玄関へ向かおうとした。離れは母屋と渡り廊下でつながっている。

「およしなされッ。旦那《だんな》さまがお帰りになるまで、近づかぬがようございます」

お浜は引き止めた。

「そうはゆきませぬ。お婆さまのご親類なら小山田家のご縁者、ご挨拶《あいさつ》をしなければ。おまえもおいで」

「ご新造さまッ」

結寿はもう歩き出していた。

「まったく、なんて日でしょう。やくざ者に幽霊、かと思えば今度は山伏……」

ぶつくさ言いながら、お浜もあとへつづく。

出迎えた女中に訊ねると、思いのほか明るい顔だった。

「それはおもしろきお方で……」

ひとしきり女中たちを笑わせてから離れへ向かったという。

「お婆さまとおいでなのですね」

「はい。お二人で愉《たの》しそうにお話をしておられます」

ということは、やはり親類なのだろう。

井戸で冷やした西瓜《すいか》をのせた盆をお浜に持たせて、結寿は離れへ挨拶に出向くことにした。廊下を渡る前からもう、男のよどみない話し声とお婆さまの鈴の鳴るような笑い声が聞こえている。

「よほどお親しいのですね」

「まさか、小山田家のご親類に山伏がおられたとは……」

「お浜。よけいなことを言うてはなりませぬよ」

「申しませんとも。かかわりになるのはごめんこうむります」

お婆さまの居間の敷居に膝《ひざ》をついて、結寿は「おじゃまいたします」と声をかけた。

襖障子は開け放してある。客人とお婆さまの談笑風景はすでに目に映っていた。山伏と見まごう異相の男と華奢《きやしや》で色白のお婆さまは、まるで大人と子供のようだ。ひと呑《の》みにされそうな大男を前に、お婆さまは怯《おび》えるふうもなく、頰を上気させている。

「万之助《まんのすけ》の嫁にございます。皆が留守にしておりまして、ご無礼をいたしました」

結寿は丁重に挨拶をした。

「おう、ご新造さまにあられるか」

男は居住まいを正し、結寿に愛嬌《あいきよう》たっぷりの笑顔を向けた。

「お婆さまからうかごうたところよ。よき嫁御が来られたゆえ小山田家も安泰だと……のう、お婆さま」

お婆さまはにこにこうなずいている。

「わたくしは結寿と申します。あなたさまは……」

「平左衛門《へいざえもん》、柘植《つげ》平左衛門にござる」

「柘植さまはお婆さまの……」

「母方の遠縁にて」

「遠縁とはどういう……」

お浜が口を挟もうとしたとき、平左衛門は「おッ」と大声を出した。

「西瓜か。この暑さ、なによりの馳走《ちそう》にござる」

「さようでした。せっかくですから冷たいうちに」

盆ごと押しやると、遠慮もせずに手を伸ばす。が、自分より先にお婆さまに手渡してやるところなど、粗野な見かけとちがって気配りの人でもあるらしい。

「柘植さま、お住まいは……」

髭《ひげ》をぬらして子供のようにかぶりつく姿に目を細めながら、結寿は訊《き》いてみた。

「のうなってしもうたのよ。このところの飢饉で暮らしが立ちゆかず……」

「のうなったッ」

お浜が頓狂《とんきょう》な声を上げる。

「いかにも。行脚《あんぎゃ》に出たものの食うに食えず、いよいよこうしてお訪ねいたした次第……」

「あのう、お婆さまとはいかような……」

「おっと、ぬれ布巾はござらぬか。お婆さまのお膝元が汚れてしもうた」

「あ、はい。お浜。ぬれ布巾を」

「いやァ、美味にござった。生き返ったわ。馳走になり申した」

唐突に両手をつかれ、結寿は西瓜の皮と種がのった盆を引き寄せた。

「お婆さまと昔話に興じておったところでの、さてと、つづきをいたそうではないか。まだまだなつかしき話が山とある」

期待をこめて平左衛門を見つめるお婆さまの顔を見れば、これ以上、じゃまをするわけにもいかない。昔話をするということは、たとえ短くとも、平左衛門とお婆さまは過去のいつの時期かを共有していたことになるわけで……。

「それではどうぞ、ごゆるりと」

お浜が取ってきた布巾で着物と手を拭《ふ》いてやったのをしおに、結寿は腰を上げた。

「いったい、どういうご親類にございますか」

母屋へ戻る際、お浜に訊かれて、結寿は小首をかしげた。

「それが……ようわからぬのです」

「わからぬ？　ご新造さまもまァ、たよりないことを。素性をうかがうのが先ではありませんか」

「お浜の言うとおりです。煙《けむ》に巻かれてしまいました」

結寿はため息をついた。

「お舅《とう》さまやお姑《かあ》さまならご存じでしょう。お帰りをお待ちするしかありませぬね」

ところが、結寿の予想ははずれた。

小山田家の家人はだれも平左衛門を知らなかった。平左衛門は問われるままに滔々《とうとう》と系譜を述べ、その中にはたしかに小山田一族の名がちりばめられてはいたものの、大半は故人で、真偽をただすすべがなかったからだ。

「お婆さまほどのお歳とも思えませぬが……」

「四十そこそこではないかの」

「墓地から出てきた幽霊とか……」

「およしなされ。足がありましたよ」

なんだかんだ言っても、お婆さまの知り合いとあれば粗略にはあつかえない。

その日から、平左衛門は離れのひと間に棲《す》みついてしまった。

三

「そいつがまァ、たいそうな別嬪《べっぴん》ときております。肌がぬけるように白く、切れ長の目は黒々と艶《なま》めいて、まさに小股の切れ上がった……佇《たたず》んでいるだけで風情のある女性《にょしょう》でして……」

百介《ももすけ》はくるりと目玉をまわした。

「そんなに褒めるなんて、百介まで骨抜きにされてしまったのね」

結寿はくすくす笑う。

「いえいえ、あっしは元幇間《ほうかん》、百花繚乱《ひやつかりょうらん》はもう見あきております。ですが、お三方はすっかりのぼせ上がって……見れば見渡す、棹《さお》さしゃとどく、なぜに我が恋とどかぬぞ、ってな按配《あんばい》でして……へい」

百介は手ぶりよろしく、おどけて見せた。

この日は、嫁ぐ前に暮らしていた狸穴《まみあな》町の祖父の隠宅から、祖父・溝口幸左衛門《みぞぐちこうざえもん》の小者《こもの》の百介が訪ねてきた。といっても、結寿の婚家と祖父の隠宅は狸穴坂をはさんで上下にあるので、行き来をしようと思えば簡単にできる。百介の足が遠のきがちになるのは、寸暇を惜しんでいるからではなく、口うるさいお浜を敬遠しているせいだった。

幸いなことに、お浜は使いに出ている。百介は結寿の居間の縁側に腰をかけて、面白おかしく狸穴町の近況を教えていた。

「お三方というと、まずは宗仙《そうせん》先生ね」

弓削田《ゆげた》宗仙は絵師で俳諧《はいかい》師、幸左衛門の茶飲み友達でもある。

「さようにございます。先生は女子《おなご》に目がありやせん」

「フフフ、お次は大家の傳蔵《でんぞう》」

「へい、そのとおり」

隠宅の大家の傳蔵は、ゆすら庵《あん》という口入屋《くちいれや》（人宿《ひとやど》もしくは桂《けい》庵ともいう）を営んでいる。

「三人目は、まさか、まさかでございます……」

「まァ、驚いた。堅物のお祖父《じい》さまが女性にお心をうばわれるとは……」

「知らぬふりをよそおってはおられますが、用もないのに何度もゆすら庵へ顔を出すわ、わざわざ庭へ出て捕り方の稽古を見せびらかすわ、しかもこのところいでたちを気にされるようになり、あっちの着物を出せ、帯はどれそれだ、下駄の歯が減っている、などと……。なによりそわそわと落ち着きがありやせん」

結寿は思わず噴き出していた。

幸左衛門は火盗改《かとうあらためかた》方与力の中でも剛の者として知られ、皆から恐れられてきた。その祖父が女の関心をひこうとするところなど想像もつかない。

「お祖父さままでとりこにするとは、いったいどんな女性でしょう」

結寿は真顔になった。

「行き倒れ、と言いましたね」

「へい。ゆすら庵の戸口のそばに倒れておりましたそうで」

昨年から諸国では飢饉に悩まされていたが、今年は冷夏による凶作で江戸近郊の農家でも一家離散が増えた。女の家も例にもれず、なんとか生きる算段を、と口入屋を探し当てたものの、精根つきはて、戸口で倒れてしまったのだという。

「お気の毒に……」

今ごろになって太陽が照りつけても、作物は実らない。

「行き倒れと言えば、こちらにもお婆さまを頼ってみえた方がおられるのですよ」

「さっき庭先でお見かけいたしました。行き倒れにしちゃあ、がっしりと逞《たくま》しゅうございましたが……」

「倒れていたわけではありませぬ。でも、困窮してにっちもさっちもいかなくなったそうで、帰る家もないそうですから……」

「まったく、生きづらい世の中になったものです」

そのご親類はいつまでいるのか、仕事先を探しているのかと百介に訊かれて、結寿は首をかしげた。人のよい小山田家の家人は、だれも急《せ》き立てるようなことを言わない。居心地がよいのだろう、平左衛門には腰を上げようとする気配がなかった。

もっとも、お婆さまの昔話の相手をしてくれているのだから、あわてて追い出す必要もない。

「こちらさまも、ゆすら庵も、ま、人助けをしているってなわけで……」

「そういうことになりますね。で、そちらの女人は働き口を探しているのでしょう」

「へい。体力気力が快復したら、どこぞ、しかるべきお屋敷へ世話をすることになっております」

「では、それまではゆすら庵で寝泊まりをしているのですね」

ゆすら庵には傳蔵とてい夫婦の他に三人の子供がいる。

「ま、寝場所はございます。むろん、隠宅にも部屋は余っておりますし、宗仙先生もよかったらわしの家へ……と、これはまァ、さいですかってなわけには参りませんが……ともあれ、女一人寝泊まりする場所ならいくらでも……。ですが、どうしても店の板間で寝かせてもらいたいと申したそうで……」

「店で？」

「遠慮があるんでござんしょう。つつましやかで控えめで、自分のことはさておき他人を気づかう、心根のやさしい女子ですから……へい」

「ほォらね、やっぱり」結寿は軽くにらんだ。「百介だって、その女人にすっかり惚《ほ》れ込んでいるんじゃないの」

百介はぺろりと舌を出して、おでこを平手でぽんと叩《たた》く。

幸左衛門から百介まで、男という男から憧憬《しょうけい》のまなざしを向けられるとは、美貌《びぼう》だけでなく、真の美徳をそなえた女性にちがいない。会ってみたいと結寿は思った。

「弥之吉《やのきち》ちゃんや小源太《こげんた》ちゃんもさぞやなついているのでしょうね」

焼き餅をやくわけではないけれど、姉ちゃん姉ちゃんと慕ってくれる小源太が出会ったばかりの女性に心を移したと聞けば、ちょっと寂しい。

ところが、百介は小首をかしげた。

「そいつが妙なんで……」

「妙？」

「へい。子供らは寄りつきやせん」

なぜかわからないと百介はけげんな顔である。

「その女人は子供が嫌いなのですね」

「いや、さようなことは……。うん、そうか」百介はひとりごちた。「あっしらには痛々しくもいじらしくも見え、だからこそ守ってやりたいと思うものが、子供らの目にはただ恐ろしく映るのやもしれません」

ますますわけがわからない。

「どういうことですか」と訊ねると、百介は指でこめかみにふれた。

「傷痕でさ。化粧で隠しちゃいるが、ここに傷がある。なんでも、売られそうになった妹を庇《かば》おうとしてできた傷だそうで……。とうとう助けられなかった、顔を傷つけられたが自分だけが助かった、それが後ろめたいと、話しながら泣いておりました」

傷痕と聞いて、結寿の顔色が変わった。

「どこに、どんな、傷痕があるんですって？」

「額からこめかみに、こう……」

「百介。その女人はたいそうな美人と言いましたね」

「へい。そりゃもう……」

「青白くて、幽霊のような？」

「幽霊？　まァ、そう見えないこともござんせんが……」

「もしや、手甲脚絆まで白ずくめだったのではありませぬか」

「最初はたしか……どうしてそれをご存じで？　今はゆすら庵のお内儀《かみ》さんのお古を借りて着ております」

結寿は拳《こぶし》をにぎりしめていた。にわかに動悸《どうき》がしている。

「もしや、お心当たりでも？」

「いいえ……いいえ。ちょっと思い出したことが……。そうそう、その女人はなんという名ですか」

「お駒《こま》さんと申しやす」

「お駒さん……」

「へい。それは心映えのよき女子ですから一度お目もじを……と申しましても、残念ながら、そう長くはおりますまい。いやじゃいやじゃと袖ぬらしィ、それでも別れの朝が来るゥ、ストトコドッコイ、ストトコドッコイ」

いつもなら百介のおどけた仕草に腹をかかえて笑う結寿が、このときばかりはにこりともしなかった。お駒という女、なにか魂胆があるのではないか。化けの皮をはがさなければ――。

結寿はあわただしく思案をめぐらせた。

四

小山田万之助は温厚な男である。

夫婦になって一年、結寿は夫の怒った顔やいらだった顔を数えるほどしか見ていない。いずれのときも、語気が荒くなったり眉をひそめたりするだけで、怒鳴ったことや八つ当たりをしたことは一度もなかった。

扱いやすい夫と言える。

その反面、面白味のない夫でもあった。真面目《まじめ》過ぎて話がはずまない。書物を読む以外には趣味らしきものもない。

もっともこれは、なににつけ妻木道三郎と比べてしまうせいかもしれなかった。

町方同心の道三郎はいつもなにかを追いかけている。易者になったり植木屋になったり浪人になったり、となればそれだけでもわくわくさせられるのに、悪人を追いつめ、事件を落着させるために飛びまわっているから、体験談を聞くのも愉快だった。なにより、どんなときも生き生きとしている。

結寿は少しばかり退屈していた。婚家になじもうと必死だった時期をすぎて、多少の余裕が出てきたせいかもしれない。小山田家には、家政を仕切っている姑も、古参の女中たちもいた。夫の世話とお婆さまの話し相手だけでは時間を持て余してしまう。そのお婆さまの話し相手も、今は柘植平左衛門がいた。

退屈だ、なんて、罰が当たるわ――。

自分に言い聞かせはするものの、そこは火盗改方与力の娘、事件と聞くだけで血が騒ぐ。

そんなときだからなおのこと、無謀な考えを思いついたのだろう。

結寿は、反対されるのを覚悟で夫に懇願した。

「老人ゆえ万が一のことがあれば……と。今宵《こよい》だけでもそばについていてやりとうございます」

祖父の看病を理由に外泊するのは二度目だ。一度目は正真正銘の怪我《けが》。けれどこたびは仮病。嘘《うそ》をつくのは後ろめたかったが、逸《はや》る心は止められない。

「むろん、行ってやりなさい」

拍子抜けするほど簡単だった。

「旦那さまのお身のまわりのことはお浜が……。と申しましても、わたくしも早朝、お姑さまが起床される前には帰って参ります」

　狸穴坂を上るだけの道である。

「なにもそうあわてることはない」

「いいえ。ですからどうぞ、お舅さまお姑さまには仰せにならないでくださいまし」

　夕餉《ゆうげ》のあと、まだ陽射しが残っているうちに、結寿は祖父の隠宅へ出かけた。この日ばかりは、狸穴坂を下るときも感傷的な気分にひたる余裕はなかった。

　相思相愛だった道三郎と別れるとき、二人は約束している。狸穴坂を上り下りするあいだだけは、互いのことを想い、思い出に身をゆだねよう……と。

　狸穴町へ足を踏み入れるや、まるで千里眼のように、小源太が駆けて来た。

「や、姉ちゃんッ。とうとう叩き出されたか」

「ヤなこというわね」

　結寿は頬をふくらませた。腕白小僧の顔を見ただけで、若妻からお転婆娘へ戻っている。

「そうだわ。ちょうどよかった。小源太ちゃんにも手伝ってもらいましょ」

「おいおい。ちゃん、はないだろ。何度言ったらわかるんだ」

「そんなことより、手伝ってくれるの、くれないの？」

「まだなにも聞いてないよ」

「手伝ってくれるんなら教えるわ」

小僧っ子はいつだって結寿の役に立ちたくてうずうずしている。

結寿は小源太を路地へ引き込み、今宵の手筈《てはず》を打ち明けた。

「やっぱりな。おいらも怪しいと思ってたんだ」

「どうして？　どうして怪しいと思ったの」

「すっごくやさしい顔をして、ときどき凍りつくような目をするからサ」

子供は大人より直感が研ぎ澄まされているのか。大人には見えないものが見えるのかもしれない。

なんでもはりきりすぎるきらいのある小源太に、結寿はよくよく言い聞かせた。

「こういうことは慎重に。いいわね。まだなにもわかったわけではないんだから」

あらぬ疑いをかけて、もしまちがっていれば大変なことになる。お駒と名乗る女の正体を見きわめるまでは、大人たちには話せない。とりわけお駒びいきの幸左衛門や百介、傳蔵には……。

結寿は、今夜、お駒の正体をあばくつもりだった。

お駒がなんのためにゆすら庵に目をつけたか。なぜ、店で寝起きすると言い張ったのか。その謎も自《おの》ずと解けるはずである。

「では、四つ刻《どき》（午後十時頃《ごろ》）に。眠ってはだめよ」

「わかってらぃ」

二人は路地で左右に別れた。

「喧嘩だと？　馬鹿もんがッ」

こちらは万之助とちがって血の気が多い。

「まァまァ、こういうことは第三者が入るとこじれるもので。夫婦喧嘩は犬も食わぬと申します。放っておきなさいまし。ほとぼりが冷めるまで置いて差し上げればようございます」

追い返せとわめく幸左衛門を百介が鎮め、結寿は無事、隠宅のひと間で眠りにつくことになった。勝手知ったる家だから、四つ刻に忍び出るのはわけもない。

夫にも祖父にも嘘をついてしまった。忸怩《じくじ》たる思いはあるものの、それにもまして、結寿は意気軒昂《いきけんこう》だった。嘘も方便。予想が当たっているなら、お駒は曲者《くせもの》である。悪事を未然に防げば、夫も祖父も結寿の手柄を褒めこそすれ、憤りはしないはずである。

四つ刻、結寿は忍び足で裏庭を抜けた。残暑がきびしいのでうっかり忘れていたが、明後日は中秋の名月、満月には少し早い月が皓々《こうこう》と輝いている。

「姉ちゃん」

「しッ」

眠そうな目をこすっている小源太に迎えられて、結寿はゆすら庵の母屋の勝手口から中へ入った。

家人はもう眠りこけている。傳蔵の盛大ないびきが聞こえていた。

「こっちこっち」

小源太は母屋と店とのあいだの引き戸を指さした。

「ここからのぞきゃいいんだ」

さては小源太も、しょっちゅう節穴から店をのぞいていたらしい。もっとも今は店番を任されるようになって、すっかり番頭気取りである。

結寿は店の中をのぞいた。

灯《あか》りがちらちらゆれていた。だれかが手燭《てしょく》をかかげているようだ。

やはり……と、結寿は頰をこわばらせた。お駒はここでなにをしているのか。眸《ひとみ》をこらしたところで「あッ」と声をもらす。

手燭の灯りが男の顔を照らしていた。ということは、店内には二人の人間がいることになる。男と、手燭を持っている人物——おそらくお駒だろう。

人の気配を感じたのか、男は引き戸のほうへ目を向けた。そのまなざしに、結寿は凍りついた。獲物を狙《ねら》う鷹の目……いや、この世のすべてにいらだち、嘲《あざけ》っているような、すさんだ目の色である。

男はそのまま視線を手元に戻した。調べものをしているらしい。二人は棚に積まれた帳簿を一冊ずつ下ろして、中身をたしかめている。

「なにを探しているのかしら。あら、見つけたようだわ」

声ではなく息づかいだけで、結寿はつぶやいた。お駒と男は手燭を近々とかかげ、額を寄せ合って帳簿をのぞき込んでいる。

「あァ、なにかがわかりさえすれば……」

「なら見て来てやるよ」

すかさず小源太が言った。結寿は驚いて小源太を見る。中の二人には気づかれない秘密の出入り口が、どこかにあるのか。

そうではなかった。仰天したことに、小源太はがらりと引き戸を開けた。引き止める間もない。怖がりもせず、わるびれもせず、ただし半眼になってふらつきながら小源太は二人のほうへ近づいてゆく。

お駒とやくざ風の男も、当然ながら棒立ちになった。男はさっと身がまえ、お駒は逃げ腰になる。が、それも一瞬だった。入って来たのは子供、しかも明らかに寝ぼけ眼で、むにゃむにゃとわけのわからぬことをつぶやいている。

完全に虚を衝《つ》かれて、二人は当惑顔を見合わせた。

結寿は引き戸の陰から、二人が手燭と帳簿を放り出して暗がりに身を寄せるのを見た。小源太は帳簿のまわりをゆらゆらと歩きまわり、ときおり立ち止まってはがくんと首をたれ、寝入っているふりをする。

小源太ちゃんたら、大したものだわ――。

こんなときではあったが、結寿は真に迫った演技に見とれた。むろん、感心している場合ではない。相手が相手だけに油断はできない。このまま何事もなく済めばよいが……。

小源太は目的を達したのだろう、寝ぼけたまま引き戸へ向かって歩き出した。首尾よく退散できようか。あと少し……結寿は祈るような思いで見つめる。

そう甘くはなかった。

「待てッ、坊主」

男がはじめて声を発した。

「およしってば。寝ぼけてるんだ。放っときゃいいさ」

お駒が飛び出そうとする男の腕をつかんだ。

「そうはいかねえ」

引き戸のところまで戻って来た小源太が敷居を跨《また》ごうとしたとき、お駒の腕を振り切った男がすさまじい勢いで突進してきた。

とっさに結寿も躍り出ている。

「お祖父さまにッ」

言いながら小源太を引き戸の向こう、母屋のほうへ突き飛ばして、結寿は自分の後ろでぴしゃりと引き戸を閉めた。戸に背をつけたまま男を正面から見すえたのは、小源太を逃がす時間を稼ぐためだ。

寝ぼけた子供につづいて見たこともない女があらわれたので、男もお駒も目を白黒させた。あわただしく思案を巡らせているらしい。

結寿も必死になってこの場を逃れる策を考える。

「てめえ、何者だ？」

凄《すご》みをきかせて男が訊ねた。

「裏の家の者です」

「裏の家の者がなぜここにいる？」

「小源太ちゃんが夢遊病と聞いて、見張っていました。でもまァ、なんてことでしょう、夜中に男を引き込むなんて……。寝ぼけていたからよかったものの、ここには子供たちがいるのですよ。みだらなまねは慎んでください」

結寿は早口でまくしたてた。先手を打ったほうがよいと判断したからだ。二人の企《たくら》みには気づいていない……そう思わせることができれば、見逃してもらえるかもしれない。

お駒は引っかかった。男を押し退けて進み出る。

「どなたさまか存じませんが、どうかこのことは内密に。みだらなまねなどしておりません。この者は兄で……いろいろとその……世間さまにははばかりがあるため、かような時刻に会《お》うていました。見逃《の》してくださいまし」

眸をうるませ唇をふるわせて懇願するお駒は、なるほど類まれな美女だった。つつましく、やさしく、いじらしく、一瞬前に別のお駒を盗み見ている結寿でさえ、だまされてしまいそうだ。それでも、化粧でも隠しきれない傷痕が、一筋縄ではいかない女の本性をさらけ出している。

「わかりました。今回だけは目をつぶりましょう」

危機を脱したと、結寿は安堵《あんど》した。怯えを悟られぬよう、わざと落ち着き払って出て行こうとする。

と、男が呼び止めた。

「おう、待ちやがれ」

「兄さんッ」

「いいから、おめえは黙ってろ」

男はぐるりとまわり込んで、結寿の行く手をふさいだ。

「ひとつ訊くが、さっき、あの坊主になにか言ったな」

「寝床へ戻りなさいと申しました」

「嘘をぬかすなッ」

頰に鉄拳が飛んで、結寿はその場に尻餅をついた。

「なにするの、兄さんッ」

「へッ、芝居はもうお終《しめ》ェだ。こいつはあのガキに、祖父さんを呼んで来い、と言ったんだ。おれさまの目は節穴じゃねえや」

「祖父さん……」

「おめえも知ってるだろうが。裏の家に住んでいるのは元火盗改方与力、こいつは火盗改方に知らせろと言ったんだぞ」

そう言っているあいだにも、裏のほうからざわついた気配が流れてくる。

「ちくしょうッ」

お駒も血相を変えた。さっきまでの楚々《そそ》とした女が一変、幽霊を通り越して悪鬼のような形相になっている。

「とんだ食わせものめ、ひと思いにッ」

お駒はふところから匕首《あいくち》を引き出した。

「待てッ。こいつを殺《や》るのは逃げおおせてからだ」

結寿を楯《たて》にして逃げようというのか。

裏庭につづいて母屋も騒がしくなった。と思う間もなく、引き戸の向こうで祖父の声がした。

「お祖父さまッ」

「結寿ッ、無事かッ」

ざわめきの大きさからして、百介や傳蔵、ていや子供たちも起き出して駆けつけているらしい。

「踏み込んでみやがれッ」男は叫び返した。「女の喉首、かっ切ってやる」

人質をとられていては、いくら元火盗改方与力でも手も足も出ない。

「そこから動くな。一人でも動いたら女の命はないものと思え」

男はお駒に目くばせをした。二人は両側から腕をつかんで結寿を立たせ、匕首を喉元に当てたまま、引き戸をにらみつつ店の入り口へ向かう。

逃れるすべはないものか。結寿は機会をうかがった。が、腕をがっちりつかまれていてはどうすることもできない。

男は入り口の戸を開けて、表の様子をうかがった。深夜である。月星の明かりがあるので歩くには困らないが、遠方までは見渡せない。

「ずらかるぞ」

三人は表へ出た。

見える範囲に人影はなかったが、近場で拍子木の音が聞こえている。と、いくらもしないうちに、狸穴坂の方角から手拭いで頰被《ほおつかぶ》りをして拍子木を手にした老人があらわれた。口髭が白い。大柄だが背中が少し曲がっている。

お駒はあわてて匕首を結寿の背中へ隠した。

こちらへ歩いてきた老人は、「へい、お晩で」とだみ声で挨拶をしてすれちがう。

結寿はもう、夜まわりの老人がだれか気づいていた。胸が高鳴って、喜びに眸が輝いている。

あァ、これで大丈夫だ。最強の助っ人が来てくれた。しくじるはずがない。

すれちがったとたん、老人は、匕首をつかんだお駒の手首をねじ上げていた。同時に男の臑《すね》を蹴《け》り上げる。

あっという間の出来事だった。男が体勢をととのえる前に、結寿は素早く老人の背後に身を寄せる。

「妻木さま……」

「まさか、結寿どのが中におられようとは……無事でようござった」

とはいえ男のほうもむろん、ただやられていたわけではない。反撃に出ようとした。手首をねじ上げられたお駒はともかく、男はまだ匕首を持っている。

「妻木さまッ、危ないッ」

襲いかかろうとした男は、しかし次の瞬間、顔を引きつらせ、後ずさりをした。向きを変え、道三郎がやって来た狸穴坂の方角へ向かってひた走る。

実際に走ったのはわずかな距離だった。振り向いた結寿の目にも、同じく捕り方の一団があらわれたからだ。行く手に御用提灯《ちょうちん》を手にした武士《さむらい》の一団が挟み打ちにされ、逃げ場を失って、お駒も男も戦意を喪失。

「フン。煮るなり焼くなりしとくれ」

開き直ってふてくされるお駒は、どう見ても莫連である。

二人はお縄になった。

「妻木さま。いったいどういうことですか」

人心地が戻ったところで、結寿は訊ねた。胸はまだ昂《たか》ぶっている。

「あやつら、敵《かたき》討ちをしようと企んでおったのだ」

「敵討ち？」

「逆恨みだ。そもそもは盗賊の一味」

昨年、日本橋の老舗《しにせ》で大捕り物があり、ここ数年、江戸を荒らしまわっていた盗賊一味がお縄になった。大半が捕らわれ、頭領以下、ほとんどが死罪になっている。

「捕り物には仕掛けがあった。自分の命と引き替えに、一味をお上《かみ》に売った者がおったのだ。頭領から最も信頼されていた盗賊だった」

生き残ったこの盗賊は一味の報復を恐れて、名を変え、姿をくらました。

今年になって、盗賊の実家が何者かに放火され、老母が焼け死んだ。さらに、かつて盗賊が素性を隠して働いていた店の主が何者かに刺殺された。

「裏切り者を探し出して、父親の敵を討とうとしているのは明々白々。目星をつけ、聞き込みをしていた」

「父親？　では、二人はやはり兄妹なのですか」

「男のほうは頭領の倅《せがれ》だ。女のほうは、はて……」

仲間を裏切って命拾いをした元盗賊は、麻布《あざぶ》の武家屋敷へ逃げ込んだ。中間《ちゅうげん》に姿を変えたのは、火盗改方の入れ知恵だろう。その元盗賊の仕事先を世話したのがゆすら庵とわかったので、道三郎は早晩、だれかが探りにくるとみて待機していたのだった。

「案の定、うるわしき幽霊があらわれた」

「幽霊？」

「うむ。頭領には目に入れても痛くないほど慈しんでいた娘がいた。倅とは腹ちがいの妹だが、数年前に斬り殺された、ということになっている」

では、あの額の傷はそのときのものか。死んだのでなければ、なぜ、死んだことになっているのか。

「だれに斬り殺されたのですか」

「表向きは暴漢。が、おそらく仲間内のだれかだろう。その美貌で男どもを惑わせていたと聞くゆえ、可愛《かわい》さ余って憎さ百倍、袖にされた男から怨《うら》みを買ったのではないか」

頭領の昼の顔は麻布今井町の油屋の主人だった。愛娘《まなむすめ》の死を嘆き悲しみ、立派な墓も建てたという。しかもその墓は……。

「浄圓寺ッ。小山田家の菩提寺です」

「ほう、そいつは奇縁だのう。頭領は罪人ゆえ墓がない。寺としては罪人の身内の墓も放したいところだが、もしや祟《たた》りがあってはと、やむなく娘の墓はそのままにしておるそうだ」

「でも、娘は生きていた。兄妹は共々に敵を討つことにしたのですね」

「おそらくそういうことだろう。これで次なる惨劇は防いだ。結寿どの、いや、小山田家のご新造もかすり傷ひとつ負わなんだ。めでたしめでたし」

結寿と道三郎はそこでしばし押し黙る。

これまでも似たようなことがあった。共に探索をしているうちに結寿が危難にあい、危機一髪で道三郎が助け出す……。昔にもどったような錯覚にとらわれた。その昂ぶりの最中に「小山田家のご新造」という言葉が飛び出した。現実がよみがえって、言われたほうも口に出したほうも、声を失ってしまったのである。

「姉ちゃーん」

小源太が駆けて来た。

固唾《かたず》を呑んでなりゆきを見守っていた幸左衛門や百介、ゆすら庵の人々も集まって来る。

「されば、拙者はこれにて」

「ありがとう存じました」

二人は他人行儀に挨拶をした。捕り方のあとを追いかけて去って行く道三郎を、結寿は寂しさとあきらめがないまぜになった目で見送る。

「亭主と喧嘩をしたなどとでたらめを言いおって、とんでもないやつだ」

「しかし旦那さま、血は争えません。さすがは火盗改方与力の娘御、あっしの話を聞いただけで悪党と見ぬくとは、大したものでございますよ」

「フン。わしだとて、端《はな》から見ぬいておったわ」

「それにしては、端から鼻の下がのびておりましたが……」

「うるさいッ。寝るぞッ」

祖父と小者のやりとりに笑い、笑うことで、結寿は道三郎を忘れようとした。

五

できあがった団子を三方《さんぼう》へ盛りつける。陰暦には大の月と小の月があるので、団子も大と小の二種類をつくるのが習わしだった。大きい団子は月に供え、小さい団子は月を愛《め》でながら食する。

今宵は、月見である。

「ほう。ご新造さま、お手ずから団子づくりにござるか」

平左衛門がのそりとあらわれ、結寿の手元をのぞき込んだ。

「美味《うま》そうだのう。どれ、ひとつ味見をするか」

「なりませぬ。月見団子はまずお月さまにお供えしなければ。でないと、禍々《まがまが》しきことがふりかかるやもしれませぬよ」

「なに？　そいつは知らなんだ。では、がまんするとしよう」

素直にうなずきながらも、結寿のかたわらに腰をすえる。台所では女中たちが米を臼《うす》でひいたり、枝豆を茹《ゆ》でたり、薄《すすき》をいけたりと、忙しく働いていた。

茶の間には結寿がひとり。

「そうそう。凶事と申さば、近所で捕り物があったとやら」

盗賊の頭領の倅が刑死した父親の敵を討とうとして捕らわれた一件は、すでに界隈《かいわい》に広まっていた。といってもむろん、結寿がかかわっていたことは、小山田家の人々は知らない。事件の翌朝、早々に婚家へ帰り、なにくわぬ顔で朝餉の仕度を手伝ったからだ。

「狸穴町の一件ですね。被害がのうてようございました」

「そうか。そういえばご新造さま旧知の口入屋が狙われたそうだの」

「ええ、まァ……」

「そのことで面妖《めんよう》な話を耳にした」

平左衛門はぐいと身を乗り出した。物騒な事件の話ではお婆さまには聞かせられないので、ちょうどよいと結寿を聞き役にえらんだのだろう。

「面妖とは？」

結寿も思わず聞き耳を立てる。

「それがの、捕らえたときは男女一対の悪党だったが……」

さようでした、と言いそうになって、結寿はあわてて口を押さえた。

平左衛門はつづける。

「……女が消えた」

「消えた？　逃げた、ということですか」

「ま、そういうことだろう。とにかくいなくなった」

結寿は首をかしげた。あれだけの数の捕り方がいたのだ。いったいどうやって逃げたのか。それとも番所から逃亡したのだろうか。せっかくの手柄が半減してしまい、道三郎はさぞや悔しがっているにちがいない。

「捕り方は大騒ぎですね。四方に手を尽くして探しているのでしょう?」

「ところがそうでもないらしい」

平左衛門は思わせぶりに目くばせをした。

「探索はあきらめたそうな」

「あきらめたですって? そんな……早《はよ》う捕らえなければ、また悪事を働くやもしれませぬよ」

数多《あまた》の男を狂わせた女のうるんだ眸を、結寿は思い出している。

平左衛門は首を横にふった。

「いいや、もう悪事は働くまい。お奉行所の連中もそう判断したようだ」

「なにゆえですか」

「帰るべきところへ帰ったゆえにござる」

「帰るべきところ?」

「つまり、男のほうが言うには、妹はとうに死んでおるそうな」

結寿は目をみはった。

死んでいる、とは、どういうことか。

あッと思ったとたん、背筋が凍りついた。では、お駒はほんとうに幽霊だったのか。

そんな馬鹿な話があろうか。

茫然《ぼうぜん》としていると、平左衛門が三方から団子をひょいとつまみ上げた。

「あ、なりませぬ」

「よいよい。禍々しき出来事など、今さら恐るるに足らず。おう、こいつは美味《うも》うござるの」

ひと口でたいらげる。季節はずれの怪談に半信半疑といった顔をしている結寿を残して、平左衛門はどこかへ行ってしまった。

「見事な月だのう」

「はい」

「今年は米の値が上がって団子どころではないと思うが、それでもこうして月見ができる。ありがたいことよの」

「はい」

「そういえばそなた、団子をひとつも食わなんだの」

「いえ……はい」

「どうした？　なにをふさぎ込んでおる？」

万之助にしげしげと見つめられて、結寿は目を伏せた。

「ふさぎ込んでなどおりませぬ。月を見るとかぐや姫の話を思い出すのです」

「かぐや姫……」

「まことに月へ帰って行ったのでしょうか。どこから来て、どこへ帰ったのか……と」

結寿は白々としたお駒の顔を思い浮かべている。

家族そろっての月見の宴を終えたあと、結寿と万之助は夫婦の座敷へ戻った。薄と三方へ盛った団子を供えて、今一度、月見をしている。

「おとついの晩のことだの」

万之助はさらりと言った。

「おまえが危難にあったという……」

「ご存知だったのですか」

「なにも知らぬと思うてか」

万之助は手を伸ばして、団子をひとつ取り上げた。小さいほうの団子である。

「食え」

「……はい」

妻に手渡し、もうひとつ取って自分も口に放り込む。

「小山田家の嫁は捕り物好きらしい」

「申しわけございませぬ」

「ご隠居はぴんぴんしておられたぞ。嘘はいかんな」

「お許しくださいまし」

「ま、よい。謝るほどのことではないわ」

火盗改方でこそないが、小山田家も火盗改方と同じ御先手組である。しかも目と鼻の先の狸穴町で起こった事件だった。万之助が子細を探り出すのは当然だろう。

「勝手なまねをいたしました。わたくしがわるうございました」

「ともあれ、無茶はするな。町方が駆けつけてくれなんだら、おれは寡夫《やもめ》になっておったやもしれぬぞ」

小者に命じて町方へ礼を届けさせたと聞いて、結寿は顔から火が出そうになった。なんと軽はずみなことをしてしまったのか。万之助が妻と道三郎の仲を疑っているとは思えないが、道三郎もさぞや困惑したにちがいない。

「どうした？　食べなさい」

「はい」

結寿は団子を食べた。味わう余裕はない。

万之助は泰然としていた。

かぐや姫は無事、月に帰ったかのう……などとつぶやきながら、月を眺めている。

結寿は居住まいを正した。今朝からずっと考えつづけていたことを、今は万之助に話す気になっていた。

「旦那さま。ひとつ、お訊ねしてもようございましょうか」

「なんだ、あらたまって?」

「旦那さまは、幽霊がいるとお思いになられますか」

万之助はあっけにとられたようだった。が、ややあって頬をゆるめる。

「我が家にもおるではないか」

「お婆さまのご親類ですか。でも、柘植平左衛門さまは……」

「いると思うたほうが、なにかと都合がよいこともあろう。つまり角が立たぬ。我が家に幽霊は少々場ちがいやもしれぬが……墓地には幽霊、暗闇には魑魅魍魎《ちみもうりよう》、狸穴にはムジナ……」

「月にはかぐや姫、ですね」

「さようさよう。いるかいないか、いや、なにごとも白黒つけぬほうがよいとおれは思うがの」

夫がこんなふうに饒舌《じようぜつ》に話すのはめったにないことだった。結寿は夫の横顔を見る。その顔にいつもとちがうところはなかったが……。

「今頃になってお腹が空いて参りました」

なんとなく鬱々《うつうつ》としていた気分が晴れて、結寿はもうひとつ、団子に手を伸ばした。

父子

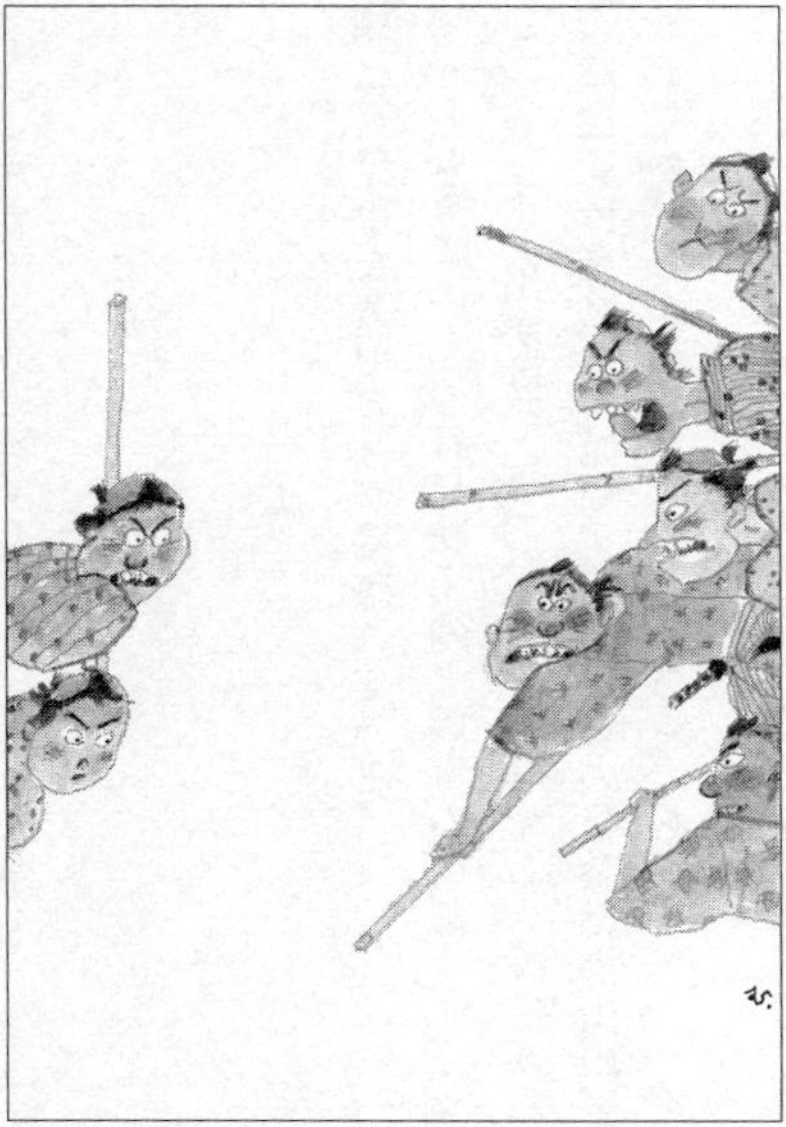

一

秋たけなわ。

小山田《おやまだ》家の若夫婦の居間の縁側に、見事な黄菊の鉢が置かれている。

先日、居候の柘植平左衛門《つげへいざえもん》が、「お婆さまのために見映えのよいものを選《え》りすぐって参ろう」などといって、わざわざ染井《そめい》まで出かけて行った。主《あるじ》夫婦や若夫婦のぶんも買い求め、持ちきれないので植木屋に届けさせた。結局、少なからぬ代金は小山田家の出費になったという、ありがたいような、ありがた迷惑のような菊である。

「寒うなってきましたね」

結寿《ゆず》は鈴江《すずえ》に声をかけた。

風が出てきたせいか、朝方より冷え込んでいる。といって、障子を閉めてしまってよいものか。

鈴江は菊を眺めていた。その目はうつろで、顔色も心なしか青ざめている。

結寿は部屋の隅にある手あぶりに目を向けた。

「炭火を持って参りましょうか。それとも、障子を閉めましょうか」

立ち上がろうとすると、鈴江ははっとしたように結寿を見た。

「寒うはありませぬ。それより結寿さま……」

思いつめた顔だった。身をちぢめていたのは寒さのせいではなさそうだ。

鈴江は御先手組《おさきてぐみ》同心の妹で、結寿を姉のように慕っていた。今は同じく御先手組の同心、奥津貞之進《おくつさだのしん》の妻となり、結寿の実家のある竜土《りゅうど》町の組屋敷に住んでいる。さほど遠くはないが、互いに人妻ともなれば気ままに行き来もならず、結寿が小山田家へ嫁いでからこれまで、ゆっくり話す機会がないままだった。

その鈴江が、突然、訪ねてきた。自分の部屋へ招き入れたときから、結寿はなにごとがあったかと気にかかっていた。

「心配事がおありなのでしょう。なんなりと仰せください」

結寿の言葉にうなずきながらも、鈴江はなおもためらっている。

「ほかにはだれもおりませぬ。わたくしはだれにも申しませぬ」

はい、と、鈴江は息をととのえた。

「たいしたことではないのです。気にするほうがおかしいとわかっているのですが……

わたくし、結寿さましか聞いていただけるお人がおりませぬので……」

鈴江には与太者に陵辱されるという悲惨な過去があった。命こそ奪われずにすんだもののの、一時は自害しようとするほど、ふさぎ込んでいた。結寿は鈴江をそばに置いて元気づけ、奥津貞之進と結ばれるよう、あれこれ算段をしてやった。鈴江の貞之進への恋心に気づいていたからだ。

「ご主人がいらっしゃるではありませぬか。貞之進さまは、だれよりもご妻女を思うておられますよ」

「ええ……。でも、聞いていただきたいのは、その夫のことなのです」

鈴江はなおのこと身をちぢめた。言いにくそうにもじもじしていたが、やがて、迷いを吹っ切ったように目を上げる。

「このところ、様子がおかしいのです」

「おかしい……」

「はい。心にかかることがおありなのか、話しかけても上の空で……」

「お役目がら、無理もありませぬ」

御先手組の中には火盗改《かとうあらためかた》方を兼務している組がある。結寿の実家や貞之進の家もその組に属していた。

火盗改方は激務だ。凶悪事件を追いかけているときなど、日常の暮らしがおろそかになることもままあった。

「わたくしも父や兄を見て育ちました。お役目のことは承知しております。ですが、旦《だん》那《な》さまは、女子《おなご》と会《お》うているようで……」

文が届いた。文机《ふづくえ》に置いてあるのを盗み見たところが、女文字だったという。

「ご妻女に秘めておかねばならぬ女子の文なら、見えるところに置き捨ててはおきませぬよ」

「それだけではないのです。女性《にょしょう》と歩いているところを見た者もいるのです。古着屋でいっしょに子供の古着を見立てていたという者まで……。旦那さまはお心がわりをなさったのかもしれませぬ。ああ結寿さま、わたくし、どうしたらよいのでしょう」

口に出してしまえば、もうはばかることはない。鈴江は切々と不安を訴える。

「まさか、貞之進さまにかぎって……お人ちがいではありませぬか」

「二人も三人もそろって人ちがいなどするものですか」

「では、よんどころない事情があるに相違ありませぬ。夫婦になられて日も浅いのです。これにはなにか訳があるはずです」

いっそ、はっきり訊《たず》ねてみたらどうかと勧めると、鈴江は怯《おび》えたように頭《かぶり》を振った。

「さようなことはできませぬ」

鈴江はまだ過去の出来事を気にかけているのか。そのことで夫に負い目を感じているとしたら、そのほうがよほど深刻である。

「結寿さまから、それとなく訊《き》いてみてはいただけませぬか」

といっても、こちらも人妻、貞之進と二人で話す機会などありそうにない。

「でしたらこういたしましょう。その女人の素性をそれとなく調べてみます。でもね鈴江どの、事を荒立ててはなりませぬよ。あとで気まずくなりますから」

貞之進は、捕り方指南をしている結寿の祖父、溝口幸左衛門《みぞぐちこうざえもん》の弟子である。以前ほどひんぱんではないものの、今もときおり指南を受けているようだった。祖父の隠宅へ行けば会えるかもしれない。

鈴江は両手を合わせた。

「結寿さま。このとおり、お願いいたします」

「わかりました。でも、いいですね、くれぐれも知らぬふりをしていてくださいね。ご妻女に疑われたと知れば、貞之進さまがお気をわるうなさいますから」

結寿は鈴江によくよく言い聞かせた。

日脚が短くなっている。台所で女中たちと雑談をしながら待っていた奥津家の下僕を伴って、鈴江はあわただしく帰って行く。

心もとなげな後ろ姿を、結寿は案じ顔で見送った。

二

妻木《つまき》さまはどうしていらっしゃるかしら——。

狸穴《まみあな》坂を下る道々、結寿は別れた人を思い出していた。

嫁いで一年の余がすぎた今、ひりつくような悲しみは癒《い》え、穏やかな痛みに変わっている。それはそれで、切なくはあるものの……。

胸の奥に秘めているものが恋の思い出であるのは幸いだった。今なお悲しい過去から逃れられない鈴江を思えば、失恋の痛みなどとるに足りない。少なくとも、たのしい思い出がたくさんあったのだから。

妻木道三郎《みちさぶろう》を想うのは、狸穴坂を上り下りしているあいだだけと決めていた。それ以外は小山田家のよき嫁、万之助《まんのすけ》のよき妻でいようと心に言い聞かせている。

結寿は坂下の狸穴町にある祖父の隠宅を訪ねるところだった。運よく貞之進に会えるかもしれない。もし会えなければ、祖父の小者《こもの》の百介《ももすけ》に頼んで、貞之進の様子を探ってもらう。元幇間《ほうかん》の百介は機転が利くし、祖父とちがって頭が柔らかく、男女の機微も心得ている。百介なら鈴江の疑いを晴らしてくれるにちがいない。

貞之進か百介と話をしたら、結寿はすぐさま帰るつもりでいた。他家の嫁になった女が祖父の家をひんぱんに訪ねるのは気が引ける。坂を下りきり、隠宅へつづく路地へ曲がり込むころにはもう、結寿は速足になっていた。

ところが、路地を曲がったものの、いくらも行かないうちに立ち往生。石ころが耳元をかすめた。路地の突き当たりに空き地がある。そこから飛んできたようだ。驚いて空き地へ目をやると、石つぶてが飛び交っていた。ひとつが大きくそれて、こちらへ飛んできたのだ。

石の投げ合いは、すぐに体のぶつかり合いになった。竹や棒きれを手にした小童《こわっぱ》どもが四方からすさまじい勢いで飛び出してくる。

子供の喧嘩《けんか》に首を突っこむつもりはない。結寿は知らぬ顔でやりすごそうとした。が、その前に、由々しい光景が目に飛び込んできた。
七、八人を相手に、二人の子供が闘っている。数で優位に立っているほうは明らかに年長らしく、体格でも勝っていた。となれば、二人はやられる……。
「あ、あれはッ」

大家の倅《せがれ》の小源太《こげんた》と、妻木道三郎の嫡男《ちゃくなん》の彦太郎《ひこたろう》ではないか。

「おやめなさいッ」

結寿は思わず叫んでいた。

「やめなさいと言ったらやめなされッ。大勢でよってたかって……。小源太ちゃんッ、彦太郎どのッ、あなたたちもいいかげんになさいッ」

聞こえたはずだが、小童どもは見向きもしない。四方から殴られ小突かれながらも、小源太と彦太郎は棒きれを振りまわして抵抗をつづけている。

「ここをどこと思うているのです。やめぬのなら、溝口幸左衛門を呼んできますよ」

祖父の名を出したのは、小童どもが町家の子供ではなく、武家の子供だったからだ。彦太郎と同じく、祖父のもとへ捕り方指南にかよっているのだろう。

小童どもは明らかに動揺した。いっせいに同じ方角を見る。一同の視線の先に、ひときわ大柄で頑健な体つきをした子供がいた。

ひとりだけ戦闘には加わらず、腕を組んで眺めている。闘っていないくせに、だれよりも猛々《たけだけ》しい目をしていた。この子供が仲間をけしかけたのか。

「弱い者いじめは武士《さむらい》のすることではありませぬ」

結寿が言うと、子供はフンと鼻を鳴らした。それでも溝口幸左衛門という名を耳にしたからか、あごで仲間に合図をする。

「帰るぞッ」と言ったところで、彦太郎を一瞥《いちべつ》した。「不浄役人の小倅め、これですむと思うなよッ」

捨て台詞《ぜりふ》を吐いて駆け出す。

小童どもは幸左衛門以上に、命令した子供に怯えているようだった。武器を棄《す》ててとにつづく。

残ったのは小源太と彦太郎の二人である。

「怪我《けが》はありませぬか」

結寿は駆け寄った。

「大丈夫です。ご心配をおかけしました」

礼儀正しく頭を下げる彦太郎とは反対に、小源太は結寿に食ってかかった。

「なんでえ、弱い者いじめってぇのは……。おれたちゃ弱い者じゃねえやい。こてんぱんにしてやるとこだったのに、よけいなこと、しやがって」

こてんぱんにされかかっていたことは、もう忘れているらしい。

「よけいなことをしたのなら謝ります。でも、喧嘩はなりませぬ。いったいなにがあったのですか」

「聞いたろ。やつら、彦太郎どのを馬鹿にしやがったんだ」

小源太は地団駄を踏んだ。

「あの者たちは御先手組の子供たちですから、父のような町方は不浄役人と蔑《さげす》んでいるのです」

彦太郎もさすがに悔しそうな顔である。

町奉行所の役人と、御先手組が兼務する火盗改方の武士とは、手柄を競う立場上、犬猿の仲だった。結寿の祖父の幸左衛門と彦太郎の父の道三郎も、はじめのうちはいがみ合っていたものだ。今はこだわりも消え、幸左衛門は彦太郎を実の孫のように可愛《かわい》がっている。そんな姿が、御先手組の子供たちには妬《ねた》ましく思えたのか。

「もしそうなら、わるいのはあの子供たちです。悔しいのはわかります。でもね、悪口を言われたくらいでいちいち喧嘩をしていては、体がいくつあっても足りませぬよ」

「へん。悪口だけじゃねえや」

小源太に言い返されて、結寿は彦太郎を見る。

「他にもなにかあったのですか」

彦太郎は目を泳がせた。

「いえ、なにもありませぬ」

「嘘《うそ》だい。鼻緒を切られたり、縄を取り上げられたり、姉ちゃんの祖父《じい》ちゃん……じゃないや、先生が見てないときにつっころばされたことだってあったって……」

「そうなのですか、彦太郎どの」

彦太郎がうつむいているのは、いじめられたと認めるのが恥ずかしいのだろう。小源太は町家の倅だが、彦太郎は武士の子である。

「いちばんわるいのは、あのでっかい子サ。安之助《やすのすけ》って言うんだが、根性がひん曲がってる。他のやつらもほんとは安之助が大っきらいなんだぜ。そばに行く者はだァれもいないのに、にらまれると怖いから言いなりになっていじめるんだ」

「わかりました。二人で大勢に立ち向かったこと、最後まで降参しなかったことは立派でした。お祖父さまもきっと褒めてくださいますよ」

しかつめらしく言うと、ようやく二人は満足げにうなずいた。

いつまでも立ち話をしてはいられない。空き地を出ようとしたところで、結寿はふっと思いついた。

「小源太ちゃん。百介を呼んできてもらえませぬか。お祖父さまにはないしょで」

貞之進と鈴江夫婦のことは、祖父の耳に入れたくない。といって、ひそひそ話をしていれば、なにごとかと勘ぐられるかもしれない。さわらぬ神に祟《たた》りなし。

「合点承知之助」

元気な返事を残して、小源太は駆け去る。

結寿はあらためて彦太郎に向きなおった。

「お父上はお変わりありませぬか」

「はい。相変わらず飛びまわっています」

江戸は事件が絶えない。日本橋の大店《おおだな》で押し込みがあったかと思えば、浅草の寺町で不審な小火《ぼや》騒ぎがつづく。今年の大凶作の被害は東北のみならず全国に及び、江戸でも無宿者や浮浪者が増え、掏摸《すり》や置き引き、強請《ゆすり》たかりも日常茶飯事になっている。

「父は小火でも押し込みでもすっ飛んで行きます。他のやつらにまかせてはおけぬと」

寺社は寺社奉行の管轄、火事や盗賊の探索は火盗改方の役目。町方が顔を出せばあちこちでぶつかることにもなるのだが、そんなことにはとんじゃくなく、一心に邁進《まいしん》する姿こそが道三郎だった。

「手柄を立てられますように」

「結寿さまのお言葉、お伝えします。父もはりきりましょう」

彦太郎の大人びた受け答えに、結寿は笑みを浮かべた。子供は日々成長している。彦太郎が同心の見習いとなる日もそう遠くはなさそうだ。

道三郎のことをもっと聞きたかった。とりわけ、新妻との暮らしについて……。

むろん、訊けなかった。かわりに結寿は、勉学や武芸など、彦太郎自身の日常について訊ねる。あたりさわりのない話をしていると、ホイホイホイ……という陽気な声が聞こえてきた。

小源太に急《せ》かされて駆けてきた百介は、おどけた目くばせをする。

「これはご新造《しんぞ》さま、よろしゅうございました。お顔をお見受けしたところ、夫婦喧嘩ではございませんようで……」

「いやァね、百介ったら」

「お坊ちゃまがたは、急いで台所へいらしたほうがようございますよ。もとさんが柿をむいております」

小童の顔に戻って我先に駆けてゆく小源太と彦太郎を見送るや、百介は真顔になった。

「お嬢さま。なにか、ございましたか」

三

「お婆さま、ごいっしょに柿をいただきましょう」

離れの縁側でひなたぼっこをしていたお婆さまに、結寿は到来物の柿を見せた。大ぶりの柿は、秋の陽射しをぬりこめたようにつやめいている。

「まァ、見事だこと」

お婆さまは子供のような笑顔になった。

「むいてさしあげます。そうだわ、柘植さまにもお声をかけて……」

柘植平左衛門はお婆さまの遠縁だそうで、離れのひと間に居候をしている。

襖越しに声をかけたものの、返事はなかった。庭を見渡したが、姿は見えない。

「お出かけのようですね」

結寿はお婆さまのそばへ戻って、小刀で柿をむきはじめた。平左衛門がどこへ出かけようと関心はない。

「結寿どのは器用なのですねえ」

お婆さまはじっと眺めている。

「器用ではありませぬが、祖父にはようむいてさしあげたものでした」

「祖父……お祖父さまにはお女中がいらっしゃらなかったのですか」

「ええ。隠居後は、小者一人連れて、町家を借りて住んでおりますから」

「おやまァ、さようでしたか。それはご不便な……」

「いえ、ちっとも不便ではありませぬよ。入り用があれば、小者の百介が竜土町の実家へ取りに行けばよいこと。百介はしょっちゅう行き来をしていますから、文も届きますし、生計《たつき》だって……」

さァどうぞ、と、結寿は皮をむいて小さく切り分けた柿をひと切れ、楊枝《ようじ》にさしてお婆さまに差し出した。ひとくち食べて「まァ美味《おい》しい」と頰《ほお》を染めたところで、お婆さまは首をかしげる。

「平左どのもご実家がおありか……」

とっさにはなんのことかわからず、結寿は「え?」と訊き返した。

お婆さまは平左衛門のことを平左どのと呼んでいる。

「柘植さま……平左どのは、お身内を亡くされ、行くところがないゆえ、ここに居候しておられるのです。ご実家はございませぬよ」

お婆さまは目を丸くした。

「おや、そうかえ。ご実家からのお使いとばかり……」

結寿はなおのこと、けげんな顔になった。

「どういうことですか、お婆さま。平左どのにいずこからかお使いがみえる、ということでしょうか」

お婆さまは何度もうなずく。

「文やら金子《きんす》やら届けに」

では、平左衛門は、だれかから文や金子をもらっているのか。

「そのようなお話、はじめてうかがいました。でも妙ですね。門番がいるのです、母屋の者がだれも知らないなんて」

たびたび訪ねてくる者がいれば、母屋でも話が出るはずだ。

お婆さまはもぐもぐと柿を嚙《か》み下した。

「門でなくとも、入るところはありましょう」

もうひとついただきますよ、と催促されて、結寿はもうひと切れ、柿を楊枝にさしてやった。そうしながらも、不審な思いがぬぐえずにいる。

「平左どののところへ訪ねてくるというお使いですが……」

「そなたは食べないのかえ」

「え？　ええ、いただきます。その前に平左どのの……」

「平左どのがね、おもしろい話をしておりました。郷里にいらした、お小さい時分のことです。隣家の倅とそれは仲がわるうて、なににつけ、いがみ合《お》うていたそうです。でもね、ホホホ……あるとき隣村の子供たちと喧嘩になって……ええとあれは、なんだったかしら、年をとるとなんでもかでも忘れてしまいます……そうそう、柿の実の取り合いだったかしら……ともあれ争いになったので、やむなく隣家の倅と手をたずさえて隣村の子供たちに立ち向かい、それがきっかけで、竹馬の友になったそうです。やがては平左どのの弟さまが隣家の娘御を嫁にして……ホホホ、めでたしめでたし」

「はァ……それはよう、ございましたね」

「さ、そなたもお食べなされ」

「……は、はい」

「柿と言えばねえ、わたくしの婚家にそれは大きな柿の木があって、見事な実をたわわにつけたものでした。でもねえ、せっかくもいだときにはいつも烏がつついてしまって……」

お婆さまの思い出話はえんえんとつづく。

結寿は、柿を食べた。甘く瑞々《みずみず》しい果肉を食べ終わると、結寿の手のひらに、平左衛門の目玉のような黒々とした種が残った。

四

数日後、百介が訪ねて来た。

貞之進の話だとわかっているので、結寿は女中のお浜を使いに出し、百介を自分の部屋へ通した。

「で、どうでしたか」

待ちきれずに訊ねる。

「へい。奥津さまには、たしかに親しゅうしている女性がおられます」

「やっぱり……」

「いえいえ、そうではございません」

眉をつり上げた結寿を見て、百介は両手を振りたてた。

「叔母御にて」

「叔母御？」

「へい。お母上のいちばん下のお妹さまにございます」

「まァ、どうして貞之進さまは叔母さまと……」

「この女性はご実家と同じ御先手組、それも火盗改方同心のお家に嫁いでおられるのですが、お子さまのことでご苦労をされておられますようで……」

実子が早世してしまい、夫が女中に産ませた子を育てている。ところがこの子がどうにもかわいげのない子供で、言うことを聞かず、手を焼いているという。

「なんとか性根を鍛えようと、奥津さまのお口添えで、旦那さまの捕り方指南にかよわせることになり……いえ、技の習得はお早《はよ》うございます。旦那さまも見所ありと仰せなのですが、どうもまわりのお子たちから怖がられておるようでして……」

結寿はあッと声をもらした。

先日、小源太と彦太郎が武家の子供たちと喧嘩をしていた。結寿が見たところ、二人はほとんどやられっぱなしだったが、このとき、戦闘には加わらず、子供たちをけしかけている子がいた。そもそもその子が彦太郎を目の敵にしているらしい。すさんだ目つきをした子だった。

「たぶん、あのお子でしょう」

「森川《もりかわ》安之助をご存知で？」

「そう、安之助どのです。いかにもひねくれ者らしい顔つきをした……でもなぜか、哀《かな》しそうな目にも見えました」

皆から嫌われていると聞いたからか。

「叔母御はご自分の手にあまって、男同士ならなんとかなるのではないかと甥《おい》の奥津さまにお頼みしたような次第で……」

「父親はどうしているのですか」

「火盗改方はご多忙にございます。お嬢さまもご存知のとおり、旦那さまも、お嬢さまのお父上が子供のころはお相手をあまりしてやれなんだそうで、口には出しませんが、今になって悔いておられるようでございます」

結寿の祖父と父は仲がわるい。結寿は子供の頃から、祖父と父が打ち解けて話すのを見たことがなかった。安之助の父親も、息子と膝《ひざ》をつき合わせて話したことなどないのだろう。女中に産ませた子、ということもあり、妻女の手前、心ならずもよそよそしい態度をとってしまうのかもしれない。

「安之助どのもきっと負い目を感じているのでしょう。居心地がわるくて、それで、いらいらがつのって、他の子供たちに当たってしまうのです」

「そういえば、妻木さまと彦太郎さまがむつまじゅうしておられるのを、いつも憎々しげににらんでおります」

「だからですね、彦太郎どのを目の敵《かたき》にするのは。仲のよい父子がうらやましゅうてならぬのでしょう」

そう考えれば、安之助が憐《あわ》れにも思えてくる。

「生みの母親はどうしているのですか」

「とうに暇をとらされたそうです。まとまった銭はもらったのでしょうが、どこでどうしているか……」

安之助はいつ自分の生い立ちを知ったのだろう。不幸な母を思って、小さな胸を痛めたのではないか。

「かわいそうに。なんとかしてあげられないものかしら」

「いくらあっしでも、こればかりは……」

親と引き離された子供は安之助だけではない。だれもが不幸を乗り越えて大人になってゆく。手助けをしてやろう、手助けができると思うのは、思い上がりかもしれない。

「せめてお祖父さまの捕り方指南で、安之助どののお心が晴れますように……」

いずれにしろ、鈴江の疑いは晴れた。貞之進は女性に心を動かしたのではなく、血のつながりがないとはいえ従弟《いとこ》の安之助のために心をくだいていたのだ。あえて鈴江に話さなかったのは、身内の恥と思ったか、鈴江の心の傷を知っているだけに気をつかい、自分ひとりでなんとかしようと考えたのだろう。

「百介、おまえのおかげで、貞之進どのへの疑いが晴れました。鈴江どのに話せば安心するでしょう」

「へい。そいつはようございました」

結寿は百介を送り出した。

一件落着。

このときはそう思ったのだが——。

五

小山田家に新蕎麦《そば》が届いた。舅《しゅうと》の好物なので、毎年送ってくれる知人がいる。

結寿は姑《しゅうとめ》に呼ばれた。

「ご実家と、それからご隠居さまのところへも、お裾分《すそわ》けをしておあげなさい」

固辞しようとしたものの、ぜひにも、と蕎麦の入った籠《かご》を渡される。

結寿はお浜に実家のぶんを託した。

「継母上《ははうえ》とつもる話があるのではありませぬか。ゆっくりしておいでなさい」

お浜は結寿の継母の女中だった。婚家での結寿の言動を見張る役目を命じられている。

どうせなら好きなだけ告げ口をすればよいと、結寿は鷹揚《おうよう》なところを見せた。

お浜はきまりがわるそうに両手を揉《も》み合わせる。

「ご新造さまは申しぶんのない嫁御にございます。ご実家のご両親もさぞや安堵《あんど》しておられましょう。わたくしから申し上げることはなにも……」

「でしたら世間話でもしていらっしゃい。いつもよう働いているのです。たまには羽をのばすことです」

「かたじけのうございます。では、そうさせていただきます」

お浜が実家へ出かけてくれれば、結寿も好都合である。新蕎麦を届けるという口実ができたので、大手を振って狸穴町へ行ける。

主従は飯倉《いいぐら》町の大通りで別れた。お浜は通りを西へ、結寿は狸穴坂を下る。

坂を下りきれば左手が狸穴町だ。いつものように路地へ入り、結寿はゆすら庵《あん》の裏木戸をくぐった。真っ先に目に飛び込んできたのは、これもいつもながらの山桜桃《ゆすらうめ》。大木の下で、貞之進と百介が立ち話をしていた。二人は眉間《みけん》にしわを寄せている。なにか困ったことでも起きたのか。

「あ、結寿どの。いえ、小山田家のご新造さまでした」

貞之進は眩《まぶ》しそうに結寿を見た。貞之進はかつて、結寿に淡い恋心を抱いていた。互いに伴侶《はんりょ》を得た今も、そのまなざしには憧《あこが》れの色が浮かんでいる。

「結寿どのでけっこう。それより、どうかなさったのですか」

結寿は貞之進と百介を等分に見た。

「安之助坊ちゃまが家出をなさいました」

百介が答える。

「まァ、どうしてそんな……」

「叔父に叱《しか》られて家を飛び出したのです。叔父は放っておけと言うのですが、叔母はなにかあってはと、おろおろしどおしで……」

鈴江が叔母の話し相手をつとめ、落ちつかせようとしていると聞き、結寿は安堵の胸を撫《な》で下ろした。それでは、結寿のおかげで夫への疑いが晴れた鈴江は、貞之進に事実を問いただしたのだ。訊かれて隠すほどのことではないから、貞之進は妻にすべてを打ち明けたにちがいない。

夫婦円満はよいとして、問題は安之助である。

「子供が家出をして、いずこへ行ったのでしょう?」

さらわれたり、わるい仲間に引き入れられたり、もちろん不慮の事故にあう心配もある。

その点は大丈夫だと貞之進は答えた。

「居所はわかりました。日暮里《にっぽり》村です」

「どうして日暮里に?」

「安之助の生母の里が日暮里村なのです」

だれから訊き出したのか。もしやと思い、訪ねてみたところが、案の定、生母の実家に転がり込んでいたという。

「ずいぶん遠くまで……ようもひとりで行けたものですね」

「道中なにごともなくてほっとしました」

「それで、御生母には会えたのですか」

「いいえ。生母は四年前に死んでいます」

「まァ……」

安之助の生母は農家の娘だった。江戸近郊の農家は、冷夏による凶作で困窮している。一家離散も珍しくない。そんなところへ食べ盛りの子供に押しかけられては迷惑至極だ。年老いた祖父母は歓迎しても、当主の伯父一家は苦い顔だという。といって追い出すこともできないのは、安之助の父親が武士だからで、後々、咎《とが》められては大変だと恐れているからだろう。

安之助も居心地のわるさを感じているはずだ。が、家出をした以上、おめおめとは帰れない。

貞之進は、叔母の意を受け、日暮里村へ迎えに行った。安之助はどうあっても帰らぬとがんばっているという。

「ますます居づらくなって飛び出してしまう前に、なんとか連れ帰りたいのですが……。なにしろ意地っ張りの強情者です。なにか名案がないか、困り果てて、結寿どののお祖父《じい》さまにご相談してみようと参ったところです」

「お祖父さまはなんと?」

「旦那さまは宗仙《そうせん》先生と碁を打っておられます。勝負が決まるまでは近づかぬほうがよいと、今、申し上げておりましたところでして……」

熱中しているときに中断させられれば機嫌を損ねる。逆効果にもなりかねない。そこで二人は、山桜桃の木の下で案を練っていたのだった。

「お嬢さまもひとつ、お知恵をお貸しください」

「そうだ。結寿どのなら、きっと名案が浮かぶはずです。これまでも、ずいぶん妻木さまの手伝いをされたそうですから」

口々に言われて、結寿は首を横に振った。たしかに、道三郎といっしょに事件を解決したことも一度ならず。とはいえ、それは嫁ぐ前の話だ。

「もう、わたくしはとても……」

言いかけて、ふっと思い出した。子供の喧嘩について、お婆さまが長々とおしゃべりをしていた。お婆さまが笑うほどおもしろい話とは思わなかったが、そういえば、なるほどと思うこともあった。

隣村の子供たちという新たな敵があらわれたら、いがみ合っていた二人が仲よくなったというくだりだ。

そう。新たな敵をつくればよい。

「やはりここは、お祖父さまにひと肌ぬいでいただきましょう」

さっきまでとは一変して、結寿は確信にみちた顔でうなずく。

貞之進と百介は驚いて顔を見合わせた。

「名案がおありなのですか」

「さすがはお嬢さま、目から鼻に抜けるような……」

「いいからわたくしに任せてください。少々時間はかかりますが、無理やり家へ連れ戻しても、また同じことが起こるだけ。ここは、付け焼き刃ではなく、安之助どののお気持ちを変えることです」

「さようなことがおできになりますんで？」

「できます。きっと上手《うま》くゆきます。ただし……」と、結寿は気遣わしげに隠宅の茶の間の方角へ目をやった。「宗仙先生が負けてくださるとよいのだけれど」

六

結寿の思惑は当たった。

安之助は日暮里村から帰ってきた。……のはよいが、家には帰らず、狸穴町の隠宅に泊まり込んでいるという。しかも泊まり込んでいるのは、安之助だけではなかった。

「まァ、なにもそこまでしなくても……」

「へい。あっしもそう思うんですがね……なにしろご隠居さまときたら、あのとおり、とことんやらないと気がすまねェご気性にございますから……」

傳蔵《でんぞう》は折りたたんだ手拭いで額の汗をおさえた。暑いからではなく、御先手組与力の屋敷の、それも奥へ通されることなどめったにないので、緊張して、汗が噴き出ているのだ。

傳蔵は狸穴町の口入屋《くちいれや》、ゆすら庵の主《あるじ》で、結寿の祖父の隠宅の大家でもある。

本来なら、ここにいるのは百介だった。

ところが百介は目下、身動きがとれないほど大忙しだという。なぜなら、隠宅は今や捕り方の稽古《けいこ》に励む子供たちの合宿所と化しているからだ。一人では手がまわらないので、祖父は百介に子供たちの世話ばかりか、代稽古までさせているという。

「それにしても、彦太郎どのまで泊まりがけとは……」

「そういうことならぜひとも鍛えてやってくれと、妻木さまはふたつ返事だったそうにございます」

「あのお子たちを取りまとめるのは、百介も難儀でしょうね」

安之助と彦太郎が顔を合わせれば喧嘩になる。もっともこれは、合宿でなく共に稽古をしていても同じだろう。そのことは予想していた。むしろ、そのためにこそ、ひねり出した案なのである。

「へい、はじめのうちは……。ですがお子さまたちも、喧嘩などしている暇はございません。稽古稽古でしごかれて、口をきく気力も残らねえほどお疲れのご様子。そのうちにはいたわり合うような場面さえ……」

安之助の傍若無人ぶりは、傳蔵も小源太から聞かされているはずだ。ところがにやりと笑って見せた。

「今では意気投合しておられますそうでございますよ」

「彦太郎どのと？」

「他のお子たちとも」

「まァ、思ったとおりだわ」

「これはご新造さまが仕組んだことだそうで……」

「わたくしはお祖父さまにお願いしただけです。仕組んだのはお祖父さまです」

「しかしまァ、ぴたりと的を射たってェわけで……」

「射たのはよいけれど、的を突き抜けてもまだ止まらぬようですね。どこまで飛んで行くのか、少しばかり不安になります」

結寿が祖父に頼んだのは、どこか同じように捕り方指南をしているところを探して、技比べができないか、ということだった。その上で、祖父から安之助に出場をうながしてもらう。日暮里村まで迎えに行くのは百介の役目だ。

口達者な百介のことだから、「先生も安之助さまの腕を買われ、ここはひとつ、なんとしても出ていただきたいと……」くらいのことは述べたにちがいない。

出自に負い目を感じて家を飛び出した。生母の実家にも居づらく、進退きわまっていた安之助にとって、百介の言葉はまさに渡りに船、溺れる者の藁《わら》だったのではないか。

と、そこまでは上首尾。

ところが、実際に技比べが決まると、祖父の目の色が変わった。

——断じて、負けてはならぬぞ。

からはじまって、

——ううぬ、おぬしら、わしの顔に泥をぬる気かッ。かようなことでは勝てぬぞ。来い。骨の髄から鍛えてやる。

負けず嫌いの祖父は日に日に熱くなってゆく。そしてとうとう、めぼしい子供たちを集め、泊まり込みまでさせて試合に備えることになった。

「お相手はどのような子供たちなのですか」

「本所界隈《ほんじよかいわい》のお子さまたちだそうで……。あのあたりは柄がわるうございますから、御旗本《はたもと》の中でも乱暴者の次男、三男といったところでござんしょう」

「指南しておられるのは？」

「八州《はつしゆう》さまをなさっていらしたお方とか。剛勇でならし、ずいぶんと悪党をお縄になさいましたそうで……」

八州さまとは、俗に八州廻《まわ》りと呼ばれる関東取締出役《しゅつやく》のことだ。武蔵《むさし》・相模《さがみ》・上《こう》野《ずけ》・下野《しもつけ》・常陸《ひたち》・上総《かずさ》・下総《しもうさ》・安房《あわ》の八国をめぐって無法者を捕縛し、治安を維持する役目である。地方では恐れられているが、小普請組《こぶしんぐみ》の御家人や農家の次男、三男から選ばれるので身分は低い。結寿の祖父、溝口幸左衛門としては、そんな者に負けては火盗改方の面目が立たぬと奮い立っているのだろう。

結寿は眉をひそめた。

「お祖父さまったら……。なんだかよけいなことをしてしまったような気がします」

「いえいえ、案ずるには及びません。なんであれ、お子さまたちが力を合わせて事に立ち向かうのは、見ていて気持ちのよいものでございますよ。倅めも、なんだかんだと顔を出しては、お手伝いさせていただいております」

「安之助どののご両親もむろん、ご承知なのですね」

「へい。奥津さまのお話では、妻木さま同様、せいぜい鍛えてくれと仰せられましたとか」

剣術の試合なら珍しくもないが、捕り方の技比べというのは聞いたことがない。いつのまにか噂《うわさ》が広まって、ちょっとした思いつきとは思えぬほど評判になっているという。

「試合はいつですか」

「今度のトリの日、つまり晦日《みそか》に裏の空き地で。お子さまたちでは酉《とり》の刻（午後六時頃）とはいきやせんから、はじまるのは朝四つ（午前十時頃）ですが、勝負はトリ、十番ということで……」

トリは捕り物の「捕り」にかけているのだろう。江戸っ子は駄洒落《だじゃれ》好きである。

晦日なら、もう何日もなかった。

「わたくしも見に行きたいわ」

結寿はため息をついた。祖父と住んでいた娘時代なら、好きなときに好きなところへ行けた。が、人妻となった身では、ちょっと見に行く、というわけにはいかない。

「どちらが勝ったか、すぐに知らせてくださいね」

「へい。もちろんでサ」

残念ながら、それで満足するしかなかった。

「お祖父さまや彦太郎どのに、健闘を祈っていますと伝えてください」

激励の言葉を託して、結寿は傳蔵を見送った。

七

九月晦日の朝、結寿は庭の南東の隅へ行き、両手を合わせた。

ここが祖父の隠宅なら、麻布十番《あざぶじゅうばん》の通りを南へ下るだけでよい。馬場町稲荷までいくらもかからなかった。けれど麻布市兵衛町にある小山田家の近辺は武家屋敷ばかりで、稲荷までは少々距離がある。

お祖父さまのお弟子たちを、どうか勝たせてください――。

結寿は祈った。きびしい鍛錬をしてきたと聞いているので、なおのこと力がこもる。できることなら応援に駆けつけたかったが、嫁の立場では、捕り方の技比べを見に行きたいとは言い出せなかった。

安之助も彦太郎も技を磨いて自信満々、試合に勇み立っていようか。二人のわだかまりはほんとうに消えたのか。安之助のすさんでいた心が、若者らしく明るい心に変わっていればよいけれど……。

あれこれ考えながら足下の団栗《どんぐり》を拾う。褐色の堅い実を手のひらでころがしていると、背後で足音がした。

お浜かと思って振り向く。

夫の万之助だった。

「申しわけございませぬ。ご書見をされておられるとばかり……」

なにか用事を忘れていたのかと、結寿は狼狽《ろうばい》した。

今日は夕番である。午《ひる》すぎまで時間があるので、万之助は朝餉《あさげ》のあと、書見をはじめた。真面目《まじめ》一方の夫は、妻と雑談をしたり軽口を叩《たた》いたりすることはまずない。

「用事ではない。庭へ下りてみたら、後ろ姿が見えたゆえ」

後ろ手を組んで、色づきはじめた木々を眺める。

「なにを祈っておったのだ？」

「つまらぬことです」

いったんは答えたものの、すぐにあとをつづけた。

「祖父のところで捕り方の技比べがあるそうです。皆、夢中になって鍛錬をしておりました。なんとか勝たせてやりたいと思うて……」

「そうか。本日だったの」

「ご存じでしたか」

「存じておるとも。八州廻りに負けては御先手組の名折れ……とかなんとか、皆が騒いでおったぞ」

結寿が安之助のためにひねり出した策は、いつのまにか、思いもよらない方向へひとり歩きしているようだ。

「祖父にも困ったものです。むきになるゆえ、引っ込みがつかなくなるのです」

「はじめから引っ込む気などあるものか。それでこそ、泣く子も黙る溝口幸左衛門さまよ。まあよい。それより、おれは出かける」

「はい。あの、もうご登城なさるのでございますか」

「そうではない。行くところを思いついた。おまえも仕度をしなさい」

「え？　わたくしも、にございますか」

「さよう。たまにはよかろう。それともなにか、用でもあるのか」

「い、いえ。お伴《とも》させていただきます。ええと、仕度はどのような……」

「近場ゆえ簡単でよい」

夫婦は部屋へ戻って仕度をした。どうせなら狸穴町へ行きたかったが、むろん、とやこう言えるはずもない。

「なにか手土産がのうてもよいのでしょうか」

「いらぬ」

「供はいかがいたしましょう？」

「無用だ」

「お姑《かあ》さまにはなんと申せばよろしいのですか」

「長くはかからぬ。お浜に言うておけばよい」

二人はそろって家を出た。夫婦が供も連れずに外出するのは、これまでにないことである。

万之助はなにを話すでもなく、変わりばえのしない顔ですたすたと歩き、少し遅れて結寿が、これも黙ってつき従う。はっと目をみはったのは、大通りを渡った万之助が狸穴坂を下りようとしたときだった。

「坂を、下りるのですか」

「さよう」

「いずこへおいでになられるのですか」

「むろん、技比べを見に行くのだ」

あッと結寿は息を呑《の》んだ。

「おまえも見たかろう。さ、早う行かぬと終わってしまうぞ」

それでは妻の気持ちを察して、わざわざ連れ出してくれたのか。

申しわけございませぬ――。

結寿は先を行く夫の背中に頭を下げる。

夫と二人で狸穴坂を下りるのは、なんとも言いがたい気分だった。不貞を働いたわけでもないのに夫には後ろめたく、裏切ったわけでもないのに道三郎には心苦しく、結寿の胸は千々に乱れている。

もっとも、坂を下りきったときはもう、勝敗の行方で頭がいっぱいだった。それもそのはず、路地の奥から縁日か祭りのような喧噪《けんそう》が聞こえている。

「ずいぶんと集まっておるようだ」

路地に入りきれない人があふれていた。これでは曲がろうにも曲がれない。

「せっかくだが、あきらめるか」

「空き地まで行くのでしたら……」

結寿は夫の顔を見た。自分一人なら迷いはしない。が、夫といっしょとなると……。

「遠慮はいらぬ。どうすればよいか言うてみよ」

「では、こちらへ」

結寿は万之助を引き連れてゆすら庵へ入ってゆく。

店には弥之吉《やのきち》がいた。両親も姉弟《きょうだい》も空き地へ見物に出かけてしまったので、やむなく店番をしているのだろう。帳場に座って書物を読んでいる。弥之吉は空き地のにぎわいにまるで関心がないようで、結寿を見ても別段、驚いたふうはなかった。

「すまないけれど、通ってもいいかしら」

「どうぞ。さっきから何人も……。妻木さまも山桜桃に登って見物すると仰せで」

結寿はどきりとした。では、道三郎も遅れてきて、ゆすら庵を通りぬけたのか。夫婦づれで鉢合わせしたくはなかったが、ここまで来て引き返すわけにもいかない。

結寿は万之助に向きなおった。

「家の中をぬけて行くのです。もしおいやでしたら……」

「おもしろい、行こう」

二人は店と裏につづく傳蔵一家の住まいを通りぬけて裏庭へ出た。山桜桃の大木の上にはさすがにだれもいなかったが、空き地との境の垣根に数人の後ろ姿があった。隙間から空き地をのぞいている。

結寿はその中のひとつ、見慣れた背中に目を留めた。

道三郎さま――。

声なき声が聞こえたかのように、道三郎は振り向いた。目が合った。が、道三郎は声をかけなかった。結寿のかたわらにいる男に気づいたからか。それとも、運よく空き地で歓声があがったからかもしれない。

結寿と万之助は垣根へ駆け寄り、道三郎やその場にいる野次馬と並んで隙間に目を当てた。

垣根の向こう側にも人がいるので、隅々までは見通せない。それでも路地の側より人はまばらで、子供たちが二手に分かれて取り縄をかける競争をしているのが見えた。

「あ、安之助どのッ」

安之助は、ひときわあざやかな手際だった。だれよりも迅速に、だれよりも頑丈に、悪党役の男を縛りあげてゆく。

安之助の突出した技には及ばないものの、彦太郎もなかなかの腕前だった。

道三郎さまもきっと鼻を高くしておられるわ――。

声の届くところにいながら、話しかけもせず、あえて目も向けない。向けなくても、結寿には道三郎の誇らしげな顔が見えるようだ。

祖父の弟子たちは、そのあとの団体戦で、さらに対戦相手を引き離した。梯子《はしご》ひとつで見事に悪党を追いつめてゆく。先頭に立って仲間を動かしている安之助のまなざしは真剣そのもの、熱中しているその顔にすさんだ色はみじんもなかった。

この顔を見ただけで駆けつけた甲斐《かい》があったと結寿は思う。

「帰るぞ」

耳元で万之助がうながした。

「あ、はい」

「おまえは残っておればよい」

「いえ。十分に見せていただきました。わたくしもごいっしょに」

祖父の弟子たちが勝つのはほぼまちがいない。が、勝ち負けはもうどうでもよくなっていた。夫をひとり帰して、祖父や子供たち、それに道三郎と喜びを分かち合う気にも、今はなれない。

道三郎には声をかけないまま、万之助と二人、垣根から離れる。

山桜桃のかたわらを通り、裏庭をよぎり、傳蔵一家の雑然とした住まいを抜けて店へ出る。

弥之吉はいねむりをしていた。

起こさぬように表へ出て、狸穴坂へ向かう。

「ありがとうございました」

坂へさしかかったところで、結寿は礼を述べた。

「なに、おれが見たかったのだ」

ぼそりと返しただけで、万之助は黙々と坂を上りはじめた。遅れてはいけないと、結寿も速足になっている。

上りきったところで、万之助は足を止めた。振り向いて、馬場と馬場町稲荷、掘割につづく麻布十番の通りを眺める。

「来ておったの」

突然、話しかけてきた。

夫の隣に並んで秋色に染まった景色を眺めていた結寿は、思わず身をこわばらせた。

万之助の表情はいつもと変わらない。

「やはり我が子が愛《いと》しいのだろう。垣根の隅で眺めていた」

結寿は返す言葉が見つからなかった。胸をざわめかせていると、万之助はおだやかな目を妻に向けた。口元がわずかにほころんでいる。

「いつか、安之助もわかるときがこよう」

結寿ははっと目を瞬《しばた》いた。

「安之助、どの……」

「そうか。おまえは安之助の父親、森川どのを知らぬのか。組はちがうが同じ御先手組の同心ゆえ、おれはよう知っておる。まァ、厳格すぎてとっつきにくい奴ではあるがの……」

薄情な男ではないぞとつけ足して、万之助はきびすを返した。

「男はの、言葉や態度であらわせぬこともままあるのだ」

言いながら大通りを渡ろうとする。

夫のあとを追いかけて、結寿も通りを渡った。安堵か、感慨か。深々と息をつきながら眺める背中は、いつもより数段、大きく見えた。

心がわり

一

大鍋から湯飲みへ福茶がそそがれる。

今年の元旦も、小山田《おやまだ》家の当主は裃《かみしも》姿で井戸水を汲《く》み上げた。これが若水で、いったん神棚へ供えたあと、小梅や大豆、山椒《さんしょう》の実を入れて煮立てたものが福茶。一年の福を願って、家人はそろって福茶を飲む。

「ご新造《しんぞ》さま、手は足りております。座っていらしてくださいまし」

福茶を運ぼうと台所へやって来た結寿《ゆず》は、女中のお浜《はま》に追い払われそうになった。台所では小山田家の女中や下僕が忙しげに立ち働いている。

「わたくしもなにか……狸穴《まみあな》町の隠宅では百介《ももすけ》と二人で仕度をしたものだわ」

「れっきとした武家のお嬢さまが小者《こもの》といっしょに台所仕事をなさるとはまァ……。ともあれ、ここは婚家にございます。ご新造さまらしく、鷹揚《おうよう》にかまえていていただかなくては」

「いいえ。家事は嫁のつとめです」

「ご新造さまのおつとめは、一日も早《はよ》うややこを産むことにございますよ」

ずけりと言われて、結寿は身をちぢめた。

小山田家での二度目の正月である。嫁いで一年が経った頃から、そろそろややこを……と家人から期待の目を向けられるようになった。結寿は少々気が重い。

もちろん、結寿もややこの誕生を願っていた。嫁いだ以上は子を産み育てるのが女のつとめ、授からなかったらどうしようかと気になっている。

もしそうなったら、わたくしのせいだわ——。

好いた人と別れて小山田家へ嫁いだ。未練を棄《す》てきれず、いまだに胸の奥にうずくものを抱えている。そんな不謹慎な女なら、天に罰せられたとしてもふしぎはない。

「さようなところに突っ立っていられてはじゃまになります。さァさァご新造さま、お座敷へ」

まもなく表座敷で、元旦を祝うささやかな朝餉《あさげ》をとることになっていた。

「だいいちそのお召し物は、ご実家の亡きお祖母《ばあ》さまのお形見ではありませんか。くれぐれも汚さぬよう、お気をつけていただかねば」

実家の継母《はは》から押しつけられた女中は尊大で遠慮がない。さすがにもうなれたので気にもならないし、忠義の心がわかるので腹も立たないが、だれにもましてややこややこと急き立《せ》てるのもお浜だった。正月早々、口うるさく言われてはかなわない。

「ではおまえに任せます」

結寿は退散することにした。台所を出る。表座敷へ向かおうとしてふと見ると、茶の間にお婆さまがつくねんと座っていた。

お婆さまは小山田家の縁者で、身寄りがいないため世話になっている。ふだんは寝起きしている離れへ食事を運ばせるのだが、家人の食事に加わることもままあった。元旦はむろん、家人といっしょに祝う。いつも茶の間で食事をすることが多いので、うっかり勘違いしているのだろう。

「お婆さま。明けましておめでとうございます」

結寿はお婆さまのかたわらへ膝《ひざ》をそろえて、新年の挨拶《あいさつ》をした。

お婆さまは驚いたように結寿を見る。と、すぐに上品な笑みを浮かべた。

「はい、おめでとう」

「元旦は表座敷で朝餉をいただくことになっているのですよ。ご一緒に参りましょう」

結寿は手を差し伸べる。

お婆さまはうなずいたものの、とまどったように、ぐるりと茶の間を見まわした。

「ちょいと、あの花器はどうしたのかしらねえ」

「花器？　花を生ける……」

「それは見事なものでしたよ。花を生けたところを見たいと頼んだら、では新年に……と約束を」

お婆さまの話は、もうひとつ要領を得ない。

「お蔵にある花器を、ご覧になられたのですか」

「いえ、ご自分のものですって。でなければ、座敷に置いてはいないでしょう」

ますますわからなくなってきた。

「どなたのお話かしら。どなたが花器をお持ちなのですか」

「それはあなた、平左《へいざ》どのですよ」

「柘植《つげ》さま……」

柘植平左衛門《へいざえもん》はお婆さまの遠縁で、昨秋から離れに住みついている。

「でも、なにゆえ、柘植さまが由緒ある花器などお持ちなのですか」

食うに食えなくなって、山伏もどきの風体《ふうてい》でころがり込んできた男である。平左衛門にはろくな所持品がなかったはずだ。花器を買い求める元手があるとは思えない。

お婆さまは首をかしげた。が、結寿の質問の答えを考えているわけではないらしい。

「今の季節なら南天かしら。あの花器なら寒椿でも位負けはしませんよ。とはいえ椿では、あの絶妙な色模様が損なわれてしまうやもしれませんねえ」

「それはそれは美しいのですよ。花びらがふりそそぐ中を極彩色の鳥がこう、見事な羽を広げてね……」

「絶妙な色模様……」

これ以上、話しても無駄だろう。

「花器のことは、柘植さまにうかごうてみましょう。わたくしがお借りして、ぴったりの花を生けます。お婆さまの床の間へ飾ってさしあげますわ」

今度こそ、手を取って表座敷へ連れて行く。

表座敷には、結寿の姑《しゅうとめ》と夫の弟の新之助《しんのすけ》、今までお婆さまと結寿が話題にしていた柘植平左衛門の三人がいた。姑と平左衛門は談笑しているが、新之助は話に加わらず、膝元に視線を落としている。新年というのに、なにか心配事でも抱えているような……。心なしか顔色もわるい。

「おう、今、お婆さまを迎えに参ろうと思うたところよ」

真っ先に平左衛門が二人に気づいた。いつもながらの愛想のよさで話しかけてくる。

結寿は居住まいを正した。

「姑上《ははうえ》さま、新年おめでとうございます。新之助どの、柘植さま、本年もよろしゅうお願いいたします」

結寿が両手をついたのを皮切りに、一同は賀詞を交換した。そこへ、小山田家の当主の舅《しゅうと》と夫の万之助《まんのすけ》が連れだって入ってきた。これで家族全員が顔をそろえたことになる。

当主が上座で、万之助がその右手前、姑は左手前にあらかじめ膳が並べられていた。万之助の隣に結寿、お婆さま、姑の隣に新之助、平左衛門と六人が向き合う。さらに敷居をへだてた控えの間には、福茶を運んだ女中や下僕も居並んで、家人一同うちそろって賀詞を交換、福茶を飲んだ。

真っ先に屠蘇《とそ》で祝う結寿の実家とちがって、そのあとが屠蘇や雑煮となる。

お祖父《じい》さまはお雑煮を召し上がったかしら、百介はお屠蘇を飲み過ぎてはいないでしょうね――。

いまだに気になるのは、実家より狸穴町の祖父の隠宅。大家のゆすら庵の子供たちをまじえた、にぎやかな正月の光景が目に浮かぶ。

もちろん、八丁堀《はっちょうぼり》の組屋敷の一軒でも、妻木《つまき》道三郎《みちさぶろう》が妻子と新年を祝っているはずだ。その光景を想像する前に、結寿は頭から消し去った。

今、ここで、家族にかこまれて正月を祝っていることをありがたいと思わなければ……。

皆が平穏な一年を送れますように――。

願いをこめて、結寿は屠蘇を口に運んだ。

二

三が日が過ぎた午後のこと。

縁側でうたた寝をしているお婆さまに綿入れをかけてやり、ふと目を上げると、庭の片隅に寒椿が見えた。

そういえば――。

お婆さまは、平左衛門が美しい花器を持っていると言っていた。寒椿と艶《つや》やかさを競うほどの陶器なら、九谷か伊万里か。もっとも居候の平左衛門がそんな高価な品を持っているはずがないから、どうせ縁日の市ででも買った紛《まが》い物だろう。

にわかに興味がわいてきた。

母屋へ戻ろうとして、結寿は平左衛門が起居している小座敷の前で足を止め、声をかけてみた。

「柘植さま。少々よろしゅうございますか」

「お、あッ、おお」というあわてた返事と共に、ガサゴソと音がした。昼寝でもしているかと思ったが、そうではないらしい。

「ご新造さまか。遠慮はいらぬ。お入りくだされ」

だれも見てはいないとわかっていても、いや、たとえ見られたところで誤解しようがないとわかっていても、家族以外の男の部屋へひとりで入るわけにはいかない。

「ここでけっこうです。障子を開けさせていただきます」

結寿は障子を開けた。

平左衛門は書き物をしていたようだった。が、重ねた紙の一番上は白紙なので、なにを書いていたかはわからない。

「申しわけございませぬ。お仕事を中断させてしまいました」

「いやなに、暇にあかして、下手な詩作などしておったのだ」

「まァ、柘植さまが詩作をなさるとは存じませんでした」

「見よう見まねでの、ハハハ、詩作とも言えぬ代物よ」

なんの用かとは訊《き》かないが、平左衛門の目にはけげんな色が浮かんでいる。別段、ためらうような話でもなかった。

「お婆さまからうかがいました。柘植さまは、それは見事な花器をお持ちとか。わたくしにも見せていただけぬものかと思いまして……」

平左衛門は一瞬、面食らったように見えた。ぎょろ目を泳がせ、大きな鼻をうごめかせて、片手で顎鬚《あごひげ》をしごく。小山田家の居候になってからは髪や髭《ひげ》をととのえ、こざっぱりした恰好《かっこう》をするようになったので、もう毛むくじゃらの山伏には見えないが、大男だけに面食らっている姿はどことなく滑稽《こっけい》に見えた。

思ったとおり、紛い物をいかにも名品のように偽ってお婆さまに見せたので狼狽《ろうばい》しているのか。結寿はそう早合点した。

「本物でのうてもよいのです。ただ、お婆さまが目を輝かせておられたのは、どのようなお品かと……」

「なんのことか、ようわからぬが……」

「花器です。お婆さまにお見せくださった……」

「なにも、見せてはおらぬぞ」

「え？　なんですって……花器はお持ちでないと？」

「さよう。このとおり、手元不如意ゆえ、風趣の品など手に入れる余裕はござらぬ」

たしかにそうだろう。花器で腹はふくれない。

「なれど、お婆さまは、ごらんになられたと仰せでしたよ」

結寿が言うと、平左衛門は思案顔になった。ややあって、大きくうなずく。

「骨董《こっとう》の話ならしたことがある。郷里の家の蔵には名品が山ほどござっての、飢饉《ききん》であっというまに食い物に化けてしもうたが、そうそう、先祖伝来の花器の話もいたしたの。色、模様、大きさ、重さ、手ざわり……事細かに説明したゆえ、お婆さまは実際に見たような気になってしまわれたのやもしれぬ」

結寿は半信半疑だった。お婆さまは物忘れがひどいし、白昼夢を見ることもある。平左衛門が言うとおりかもしれない。けれど一方で、あのときのお婆さまは、夢のなかの花器ではなく、現実の花器の話をしていたように思えた。

「でしたら、どこかでごらんになった花器と栢植さまのお話の花器とが、ごっちゃになってしまわれたのかもしれませんね」

「おう、そうじゃ。わしもそう思う。だとしても、お婆さまはご高齢ゆえ、こちらからあえて過ちを正さぬほうがよいと思うがの」

「さようですね。お婆さまから仰せにならなければ、わたくしも忘れたふりをしておきましょう」

平左衛門は、お婆さまが動転したり落胆したりしないようにと気づかってくれているのだろう。身内だけあって心底お婆さまのことを案じているのだと、結寿は平左衛門の心くばりに感謝した。

「おじゃまをいたしました」

障子を閉めようとする。と、呼び止められた。

「ちょうどよき折りだ。ご新造さまのお耳に入れておこう」

「お婆さまが、他にもなにか……」

「いや、お婆さまのことではない。新之助どののことだ」

いきなり話が変わったので、今度は結寿が面食らった。

「新之助どのが、どうかしたのですか」

「わしから聞いたとは言わんでほしいのだが、惚《ほ》れた女子《おなご》がおるらしい」

「まァ……」

新之助はこの正月で十七になった。そういうことがあってもふしぎはない歳だが、それにしては、このところ浮かない顔をしている。

「叶《かな》わぬ恋、なのでしょうか」

思わず言ってしまって、結寿の胸はずきりと痛んだ。自分も叶わぬ恋をしていた、妻木道三郎と……。嫁ぐ前の話である。

平左衛門は結寿の動揺には気づかなかった。

「むろん、そうだろう。部屋住みでは嫁はもらえぬ」

新之助が妻女を娶《めと》るとしたら、どこか、しかるべき家を見つけて養子に入るか、はじめから婿養子になるか、いずれかしかない。

「でしたら早う養子先を見つけなければなりませんね。舅上《ちちうえ》もそのことはお考えでしょうが……」

「はて、どうかの」と、平左衛門は首をひねった。「万にひとつ、継嗣《けいし》ができない場合は弟を養嫡子とすることもある。あ、いや、あくまでそういうこともなくはない、ということだ」

平左衛門はあわてててつけくわえたが、結寿はごまかされなかった。では、万之助と結寿夫婦に子ができない場合も考えて、小山田家では新之助を部屋住みのまま留《とど》めておこうというのだろうか。もしそうなら、新之助は何年も待たされるかもしれない。待たされたあげく、結寿に子ができてお役御免になったならどうなるのか。

新婚のあいだは、そんなことは考えもしなかった。が、それでなくてもややこのことで追いたてられるように感じている今は、家督という二文字の重さが身にしみる。新之助の話で、さらにずしりと重さが増したように思えた。

「新之助どののお相手はどのような娘御なのですか。新之助どのとその娘御が結ばれる手立てはないのでしょうか」

我がことと思い比べて、訊き返す声にもつい力が入る。

平左衛門はまた顎鬚をしごきはじめた。

「そこまではわからぬのう。だいいち、わしは相手の女子の名も知らぬ」

「では、なにゆえ……」

「話しておるのを耳にしたのだ。いや、本人ではない。昨年の暮れに道場のお仲間が二人、指南への賀詞がどうとかいう話で訪ねて来た」

新之助は道場へ通って剣術の腕を磨いている。といっても、あまり熱心ではなく、このところはよく休んでいるようだから、弟子たちのあいだでなにか相談しなければならないことができて、だれかが代表で訪ねて来たのだろう。

「帰り道で話しておったのよ。新之助どのには惚れた女子がいて、そのことで頭がいっぱいゆえ、稽古《けいこ》に身が入らぬのだ、と」

「さようでしたか……」

三が日も新之助は物思いに沈んでいるようだった。それが恋と言われれば、身に覚えのある結寿のこと、なるほどとうなずきたくなる。

「立ち聞きするつもりはなかった。が、立ち聞きは立ち聞きだ。この話、くれぐれも内密に願いたい」

「承知しております。お教えくださってありがとう存じます」

結寿は礼を述べて襖を閉めた。

叶わぬ恋をしている義弟を思うと胸が痛む。義弟の不運が次男に生まれたこととかかわりがあるなら、なおのこと、他人事《ひとごと》ではいられなかった。

母屋へ戻る結寿は、自《おの》ずと思案顔になっている。

三

「新之助どののことにございますが……」

その夜、書見をしている夫に白湯《さゆ》を運んだ際、結寿は思いきって訊いてみた。

「お舅上はいかがなさるおつもりでしょう？」

唐突な問いに、万之助は驚いて顔を上げる。

「養子、もしくは婿養子にふさわしき家を探しておられるのではないかの」

「まことにございましょうか」

「相談されたわけではないがおそらく……なにゆえ、さようなことを訊く？」

「それは……兄上が弟君をご養子にされる話をよう耳にいたしますゆえ」

万之助は眉をひそめた。

「そなたは、おれが弟を養子にするのではないかと案じておるのか」

「いえ、めっそうもございませぬ。わたくしが案じておりますのは、そうでなかった場合のことです。正月というのに、新之助どのはずっと浮かないお顔でした。もしや、先々のことを心配しているのではないかと……」

叶わぬ恋の話はしないでおく。平左衛門の聞き違いということもある。本人にたしかめてからでなければよけいなことは言えない。

「そういえば元気がなかったのう。というても、あいつはいつもあんなものだが……」

「ご次男ゆえの悩みがあるのではありませぬか」

幼い頃に生母を亡くした結寿は、継母から疎んじられているように感じていた。もしかしたらそれは勝手な僻《ひが》みで、継母自身はそんなつもりはなかったのかもしれない。が、事実であろうがなかろうが、そう思ったことはたしかで、それは次男三男が親に抱く気持ちと、どこか似ているような気がする。

万之助はまじまじと妻を見た。

「そうか。そなたなら、あやつの悩みを訊き、力になってやれるやもしれぬの」

なにを思ったか、万之助はうなずいた。

胸をざわめかせながらも、結寿は身を乗り出している。

「折りをみて、狸穴町の祖父のところへお連れしてはいけませぬか」

考えた末に思いついたことである。

「ご隠居のところへ？」

「はい。隠居の身なれど、祖父はあれで顔が広うございます。一度お引き合わせしておけば、なにかとお役に立つかと……。勝手なことをして、舅上がお気をわるうなさらなければ、の話ですが……」

「むろん、わるうなどなさるものか。うむ。それはよい。そなたも知ってのとおり、我が家は父子三人とも堅物ぞろいでの、人づきあいがとんと苦手だ」

堅物というほどではないにしろ、たしかに舅も夫も真面目《まじめ》一方の男だった。頑固で偏屈ではあるものの、結寿の祖父の溝口幸左衛門《みぞぐちこうざえもん》は敏腕の火盗改方《かとうあらためかた》与力として知られた男だけに、諸方へ顔も利くし、押しも強い。

幸左衛門は結寿の祝言に出席しなかった。小山田家を訪れたこともない。新之助とはまだ会ったことがなかった。

「さすれば、おれの名代《みょうだい》ということで連れて行ってくれ。以前の刀の一件では、あやつ、ご隠居にお手数をおかけしておるのだ。賀詞にうかがうは当然でもある」

刀の一件とは、昨春の盗難騒ぎのことである。家人に内緒で売り払ってしまった銘刀が盗品の中から見つかり、新之助は顔色を失った。が、公にされずにすんだのは、町方同心から手渡された刀を、幸左衛門が結寿をとおして秘かに返してくれたからである。

――わしは取り次ぎをしたのみ。礼はごめんこうむる。

このとき幸左衛門は、小山田家の礼を断っている。

「では、そうさせていただきます」

「うむ。新之助にはおれから言うておく」

万之助はいつもながら呑み込みが早かった。茫洋《ぼうよう》としているように見えて、見るべきところはきちんと見ている。それだけに、胸のうちまで見透かされそうで怖くもあった。

話が終わったので、結寿は退出しようとした。すると万之助がぼそりと言った。

「焦るな」

「え?」と、結寿は訊き返した。

「子のことだ。ゆったりとかまえておればよい」

もう、書見に戻っている。

四

数日後、結寿と新之助は狸穴坂を下っていた。

これまでのところ積もるほどの雪はないので、坂道も苦ではない。結寿は軽やかに下る。

一方、新之助は、若者のくせに遅れがちだった。家を出たときからうつむきかげんで、足どりは重く、ときおりため息などついている。

坂の半ばで、結寿は足を止めた。

「この坂には思い出があります」

なぜ話す気になったのか。夫の弟に、夫以外の男の話をするなど馬鹿げていると思ったが、それでも話しておきたかった。

「想いを寄せるお人と出会ったのが、この坂でした」

そう、道三郎と出会ったのは坂の途上、あれも新年だった。

突然の打ち明け話に、新之助は目をみはる。

結寿は柔らかな笑みを浮かべた。

「むろん、胸の中で想うていただけ。身分がちがいますから、はじめから実る恋ではありませんでした。それでも縁談が決まったときは哀しゅうて……」

「義姉上《あねうえ》……」

「こんな話、おいやでしょうね。ごめんなさい。わたくしはお兄さまの妻なのに」

「いえ。兄に会う前の話なのでしょう。義姉上のせいではありませぬ。結婚は家と家との決めごと、当事者にはどうにもできぬことですから」

新之助は苦しげに顔をそむける。

結寿は目で、稲荷《いなり》から馬場、馬場から掘割へつづく麻布十番の通りをたどった。大小の武家屋敷がひしめく町の先には澄んだ水面《みなも》と新春の空が広がっている。

「わたくしはね、新之助どの、今とても幸せなのです。小山田家へ嫁いでよかったと、万之助さまの妻でよかったと、心から思うています」

新之助は結寿を見た。そのまま結寿の視線を追いかける。

結寿は指を伸ばした。

「ほら、麻布十番の通りが見えるでしょう。あの道だけが掘割につづいているように見えますが、ごらんなさい、左右をよう見れば、掘割へ出る道は他にもあります。どの道を通ってもたどりつけるのです」

自分を追いつめてはいけない、道がひとつしかないと思ってはいけない——。

結寿はそのことを新之助に伝えたかった。思えばそれこそが、別れのとき、まさにこの坂で、道三郎が結寿に教え諭《さと》してくれたことだ。

——人は変わる、歳月は悲しみを癒《いや》してくれる。

そうも言っていた。

自分と同じ苦悶《くもん》の淵へ落ちてしまった若者に、結寿はなんとか手を差し伸べたいと思ったのだが……。

再び坂を下りはじめると、新之助が結寿の背中へ話しかけてきた。結寿の打ち明け話で、あふれそうになっていた思いの堰《せき》が切れたのか。けれどその口調は、そう簡単には言いくるめられないぞ、と力んでいるようにも聞こえる。

「義姉上のおっしゃることはわかります。しかし、皆が義姉上のようにものわかりがよいわけではない」

「わたくしだって、ものわかりがよいわけでは……」

「千紗《ちさ》どのは泣き暮らしているそうです、嫁ぎとうないと」

新之助の想い人は千紗という名らしい。

「どうしてわかるのですか、泣き暮らしていると」

「千紗どのの兄貴から聞きました。幼なじみですから、千紗どのも、千紗どのの兄貴も」

「さようでしたか……。新之助どのと千紗どのは互いに想いおうていたのですね」

「親の許しを得たわけではありませぬが、子供の頃から許婚《いいなずけ》と思っていました」

しかし子供がどう思おうと、そんなことは絵空事にすぎない。千紗に兄がいるなら、婿養子をとって家督を継がせるわけにはいかないから、当然、千紗は他家へ嫁ぐことになる。となれば、部屋住みである新之助は対象外。

「祝言は四月だそうです。相手は御先手組《おさきてぐみ》与力の嫡男《ちゃくなん》で、しかも火盗改方を兼務しています。義姉上のお祖父さまなら、嫡男はともあれ、藤崎《ふじさき》家のことはご存じでしょう」

火盗改方与力は十騎（与力は一騎二騎と数える）だから、もちろん、互いのことはよく知っている。藤崎家の名は結寿も聞いていた。

「さようでしたか。千紗どのは藤崎家のご嫡男のもとへ……」

二人は坂を下りきっていた。が、新之助はまだ話し足りないのか、足を止めたままだ。歩き出そうとはしない。麻布十番の通りの先をにらんでいる。

「こんなことを話せば、義姉上こそ、それがしをおいやになられるやもしれませぬが……」

前置きをした上で、新之助は打ち明けた。

「実は、藤崎浩太郎《こうたろう》になにか欠点がないか、悪評がないかと探っていたのです」

もし千紗の夫としてふさわしくないところがあれば、千紗の兄に教えて、破談にできるかもしれない。恋に目が眩《くら》んだ若者の考えそうなことである。

「ありましたか」

「いいえ、ひとつも。これまでのところ、わるい評判はみじんもありませぬ。それどころか、申し分のない男のようです」

新之助は重苦しい息を吐いた。そのため息には、恋敵《こいがたき》の藤崎浩太郎に欠点が見つからなかった落胆だけでなく、そんな卑怯《ひきょう》なまねをしなければいられない自分への嫌悪もふくまれているのではないか。

「新之助どののお気持ちはようわかります。他人のあら探しをするのは褒められたことではありませぬが、だれにもあること。ご自分を責めてはなりませぬ」

結寿が言うと、わずかながら新之助の顔が明るくなった。

道端で長話をしているわけにはいかない。結寿は新之助をうながして祖父の隠宅へ向かう。

なにはともあれ、結寿は安堵《あんど》していた。新之助と話ができてよかったと思う。胸の苦しみを他人に話すことは、それだけで大いに癒されるものだから。しかも狸穴坂を下りた今、二人の距離がぐんとちぢまったような気がした。狸穴坂には人の心を開く魔力があるのでは……そんな気もしている。

祖父の隠宅は、正月の華やぎとは無縁だった。門松もなければ松飾りもない。三が日には捕り方指南の弟子たちが賀詞を述べに訪れたはずだが、福茶のひとつも出したのだろうかと結寿は心配になる。捕り方の稽古はまだはじまっていなかった。隠宅はひっそり閑としている。わたくしがいたら、もっと気を配ってさしあげるのに——。幇間《ほうかん》上がりで気働きはあるものの、小者の百介では、やはり祖父の胸の内までは忖度《そんたく》できない。頑固で偏屈な祖父は、決してそうは見せないものの、ほんとうは寂しがり屋で、人恋しい男なのである。

「お祖父さま。百介」

返事はない。

捕り方の稽古がなくても、祖父はたいがい隠宅にいた。実家には寄りつかないから、ごくたまに知人に会いに行くくらいで、あとは絵師で俳諧師の弓削田宗仙《ゆげたそうせん》や大家の傳蔵《でんぞう》と碁を打っているか、書見のふりをしていねむりをしているか。

百介までいっしょにいねむりをしているということも……。

「お待ちください。見て参ります」

結寿は新之助を玄関へ残して、中へ入ろうとした。と、そのとき、庭を駆けて来る足音がした。

「あ、やっぱり、結寿姉ちゃんか」

「あら、小源太《こげんた》どの」

大家の倅《せがれ》の小源太は、けげんな顔で新之助を見る。新之助も目を丸くして、結寿を「姉ちゃん」と呼んだ小童《こわっぱ》を見つめている。

「新年おめでとう。よいお正月でしたか」

「めでたくもないけど、餅も食ったし凧揚《たこあ》げもしたし、ま、そこそこってとこか」

「それなら安心しました。今日はね、お祖父さまに新年の挨拶に来たのです」

結寿は新之助に小源太を引き合わせた。

「新之助どのも、ぜひ挨拶を、と……」

「いねえよ」

「いない？　いないって……お祖父さまはお出かけなのですか」

それならひっそりしていたわけだ。百介もいっしょに出かけているという。

「どこへいらしたのかしら。小源太どの、聞いてはいませぬか」

「聞いてるとも。捕り物サ」

結寿と新之助は顔を見合わせる。

「まさか……正月早々から捕り物なんて……なにがあったのですか」

「盗人に正月なんてねえや」

「では、どこぞで盗難が？」

小源太はうなずいた。

「大晦日《おおみそか》にも武家屋敷がやられたんだけど、そんときは捕りそこねたんだって。そればかりか、新米の見習いが返り討ちにあって大怪我をしたんだとさ。みっともない、恥を知れ……烈火のごとく怒って、で、こたびは助っ人に駆けつけたんだ」

この半年ほどのあいだに麻布界隈《かいわい》の武家屋敷であった盗難事件は、今回で三度目だという。といっても、武家屋敷では通常、よほど大きな事件でなければ家名に傷がつかないように秘しておく。実際はもっとあったかもしれない。

いずれもおなじ盗人のようだった。しかも、大胆にして名人技の盗人だ。ごていねいにも、あらかじめ目星をつけた屋敷の門に「盗難御用心」と書かれた紙を貼《は》ってゆく。その翌日には、とびきり高価な茶入れや花器が盗まれる。それも一品だけ。

盗難の訴えがあったので、二度目に紙が貼られた際は火盗改方が警戒していた。が、なにしろあわただしい大晦日ではあるし、紙の文字も子供の悪戯《いたずら》のように見えるし、だいいち高価とはいえ前回盗まれた品はひとつきりだし……そんなこんなで、どうも少人数のおざなりな見張りしかつけなかったようだ。それで、まんまと茶入れを盗まれたあげく、暗がりから飛び出した盗人に不慣れな見張りが匕首《あいくち》でずぶりとやられた。

「そのようなことがあったなんて知りませんでした。不名誉なことだから、公にはできなかったのですね。それで、また貼り紙が？」

「ウン。じゃないか。わしの出番だって、鼻息も荒く飛んでったから」

昨今の武士のていたらくを嘆いて捕り方指南をしている祖父なら、なるほど、ありそうなことだった。今頃は貼り紙をされた屋敷のどこかに潜んで、盗人がやって来るのを手ぐすね引いて待ちかまえているにちがいない。

宗仙の家へでも行ったのならともかく、これでは待っていても無駄だろう。

「しかたがありませぬ。また出直して参りましょう」

結寿は新之助に目を向けた。聞いているのかいないのか、新之助は心ここにあらずといった顔をしている。

「帰りましょう、新之助どの」

名を呼ばれて、新之助はようやく結寿を見返した。きょとんとしている。

「帰りましょう、と言ったのです。とんだ無駄足になってしまいましたね。ごめんなさい」

「いや、無駄足ではありませぬ。お連れくださって礼を申します」

「そうですね。道々お話もできましたし」

結寿は小源太の手のひらに、お年玉の銅銭を置いてやった。

「百介が戻ったら、わたくしのところへ来るように言うてください」

捕り物の首尾を知りたいし、今度は無駄足にならぬよう、祖父の予定も聞いておきたい。小源太に頼んで、結寿と新之助は帰路につく。

新之助は、往路とは一変していた。考え事をしているのか、黙々と歩を進める。とりつく島がないので、結寿も口を閉ざしたまま狸穴坂を上った。飯倉片町《いいぐらかた》の大通りを渡り、上杉家の下屋敷の角を入って、小山田家の門をくぐる。

「それでは近々、またごいっしょしましょう」

結寿の言葉に「お願いします」と応《こた》えたときも上の空で、新之助はさっさと家の中へ入ってしまった。

若者の相手は気疲れする。

たいした歳の差でもないのに、結寿はやれやれとため息をついた。

五

鬱々《うつうつ》としていた新之助が別人のように意気込んで結寿のもとへやって来たのは、狸穴町へ出かけた数日後のことだった。

「なにもかも義姉上のおかげです。なんと御礼を申し上げたらよいか……」

目を輝かせて言う若者を見て、結寿は首をかしげた。

狸穴坂を下る際、互いに打ち明け話をした。それで多少とも心が晴れたというならわからぬでもないが、あの日の帰り道はちっとも打ち解けたふうではなかった。あのあと、なにかがあったのか。それならなぜ、礼を言うのだろう。

「御礼を言われるようなこと、わたくしはなにもしておりませぬよ」

「お祖父さまの隠宅へお連れくださいました」

「でも、不在でした」

翌日、百介が訪ねてきて、見張りの首尾を報告している。残念ながら、盗人はあらわれなかったとか。

――わしが見張っておったゆえ、歯が立たぬと諦《あきら》めたに相違ない。

幸左衛門は意気揚々と引き揚げたというが、それを聞いた結寿は思わず忍び笑いをもらしたものだ。実戦から遠ざかっている老人のこと、祖父は内心、盗人と刃を交えずにすんで安堵しているはずである。

ともあれ、祖父には当分、外出の予定がないとわかったので、早々にもう一度、新之助を連れて行くつもりでいた。礼を言われるなら、そのあとではないか。

結寿の思惑ははずれた。

「落ち度が見つかりました」

「え？」と、結寿は訊き返す。

「落ち度です、藤崎浩太郎の。とんだしくじりをして皆から舌打ちをされました。前途洋々どころか、こうなると厄介者扱いです。しかも怪我をして、当分は見習いにも出られませぬ。千紗どののお父上は剛直なお人ですから、さような男に娘はやれぬと考えをひるがえされるやもしれませせぬ」

「では、盗人を捕らえそこねた見習い、というのが藤崎どのだと……」

「なんと言いましたかあの小童……そうそう、小源太が新米の見習いと言ったので、もしやと思ったのです。義姉上を訪ねてきた小者から詳細を聞き、やはりそうだとわかりました。となれば、願ってもないことで……」

うれしそうに言ったところで少々気まずそうな顔になったのは、他人の不幸を喜ぶ自分が恥ずかしくなったのだろう。

そうはいっても、恋の世界は弱肉強食。強い者に勝つには、その上を行かなければならない。出遅れている新之助が恋敵に同情などしていられないのは、無理もなかった。

「ようやくわかりました。それで、わたくしに礼を言うたのですね」

「狸穴町へ行かなければ知らずじまいでした」

手柄はともかく失態は、内々では非難されても、公には箝口令《かんこうれい》が敷かれるのが常である。

もっとも、藤崎家と縁組をしているのであれば内々だから、千紗の父親も、娘の夫になる男が怪我をしたことは知っているはずだ。新之助は千紗の兄に、子細を千紗の耳に入れてくれるよう頼んだという。それでなくても結婚に二の足をふんでいる千紗のこと、許婚の失態を知れば父親に破談を訴えるはずで、今ならそれも叶うかもしれない。

「嫁いでしまってからでは遅い。が、まだ間に合います」

「落ち度というても、たったいっぺんですよ。弘法《こうぼう》にも筆の誤りと申します。非の打ち所のないお人が、それではお気の毒ではありませぬか」

「義姉上はどちらの味方ですかッ。千紗どのにとって結婚は一生の大事、それがしは千紗どのの幸せを願《ねご》うているのです」

直情な若者によけいなことを言ってもはじまらない。

「新之助どののお気持ちはわかっておりますよ。そんなにお好きな千紗どのですもの、わたくしもお二人が上手《うま》くゆくよう祈っています。そのためにも、早う養子先を見つけることです。お役に立てるかどうかわかりませぬが、狸穴町へ行ったら、祖父にも頼んでおきましょう」

「よろしゅうお願いいたします」

新之助は素直に頭を下げた。絶望から希望が芽生えたので、明るい顔で立ち去る。

ところが――。

新之助の期待に反して、事態は一向に進展しなかった。藤崎家の嫡男の縁談が消えてなくなった話も聞かないし、千紗からは、文はむろん伝言もないらしい。

「千紗どのの兄貴もようわからぬそうで……」

藤崎浩太郎は脇腹の傷がいまだ癒えず寝込んでいるというが、命に別状はないようだった。ぐずぐずしていれば、予定どおり祝言、ということにもなりかねない。

「千紗どのに逢《お》うて話ができればよいのですが……」

新之助は結寿に泣きついた。

六

松の内を過ぎたので、正月気分も薄れ、江戸の町々にもいつもながらの活気が戻っている。麻布から赤坂を抜けて千駄ヶ谷《せんだがや》へつづく道も、忙しげに人馬が行き交っていた。

高木《たかぎ》千紗の家は、千駄ヶ谷の御先手組の組屋敷内にあるという。小山田家からは半里にも満たない道のりなので、女の足でも半刻（約一時間）ほどだ。

――千紗どのに会《お》うていただけませぬか。

新之助に両手拝みをされたとき、結寿は困惑した。

千紗に会って真意をたしかめるのはよい。新之助にはすっかり頼られてしまったようだが、こういうことは親や兄には話しづらいもので、自分が義弟の相談相手になってやれるなら願ってもないことだった。できるだけのことはしてやりたい。

けれど、どうしたら千紗に会えるのか。会いに行く口実がない。

この問題を解決してくれたのは、意外にも、お浜だった。

――おすみさんからご新造さまの話をしてもろうたのですよ。そうしたら、千紗さまもぜひともお会いしたいと仰せられたとか。

おなじ御先手組の組屋敷内のこと、使用人は使用人であれやこれやつき合いがあるらしい。千紗の女中のおすみと連絡を取り合うのは、さほどむずかしくはなかったという。

千紗は、結寿が新之助の嫂《あによめ》だと知っている。お会いしたいという申し出に、ぜひとも会いたいと返してきたのは、新之助が言っていたとおり、千紗も新之助のことを忘れられずにいる証拠だろう。

「それにいたしましても、高木家のお嬢さまに、いったいなんの話がおありなのですか。会うたこともない女性《にょしょう》に……」

新春とはいえ風は冷たい。身をちぢめ、速足で歩きながら、お浜は迷惑顔で訊いてきた。

「言ったでしょう。千紗どのはわたくしと同じ御先手組与力の娘、しかも新之助どのの幼なじみ。話をうかごうているうちに、無性にお話がしとうなったと……」

「それだけのことで、わざわざ千駄ヶ谷くんだりまで出かけるのでございますか」

「いいから、黙ってついていらっしゃい」

組屋敷内の一軒なので、高木家も小山田家と似通った家だった。玄関で訪《おとな》うと下僕が濯《すす》ぎ桶《おけ》を抱えてあらわれた。足を濯いで上がり、客間で千紗を待つ。

千紗はほどなくやって来た。新之助が惚れ込んでいるだけあって、愛らしく、しとやかな娘だ。それでいて芯《しん》が強そうに見えるのは、まっすぐに結寿へ向けたまなざしに強い光が宿っているからか。親の決めた縁談がいやで泣き暮らしているというから、勝ち気なところがあるのだろう。

千紗の後ろにひかえているのが、おすみという女中らしい。

挨拶を交わし合ったあと、千紗はおすみに、お浜を台所へ伴って茶菓でもてなすよう命じた。体のよい人払いである。

二人きりになるや、千紗はおもむろに両手をついた。

「結寿さま。お願いがございます」

新之助との仲をとりもってくれというのか。藤崎家との縁談はどうなったのかと、結寿は身をかたくした。

ところが、そうではなかった。

「結寿さまは元火盗改方与力、溝口幸左衛門さまのお孫さまとうかがいました。溝口さまは、お役目にはことのほか厳しく、容赦なきお方とうかごうております。なにとぞ、結寿さまから溝口さまへ、こたびの藤崎浩太郎のしくじり、ご寛恕《かんじょ》くださいまして、組頭さまにおとりなしくださいますよう、お願いしてはいただけませぬか」

このとおりですと平身低頭されて、結寿は目を瞬《しばた》いた。

では、千紗が結寿に会いたいと言ったのは、結寿が新之助の義姉だからではなく、幸左衛門の孫娘だからだったのか。けれど、千紗は藤崎浩太郎との結婚に難色を示していたはずではないか。

「藤崎家とのご縁談、ご予定どおりに進んでおられるのでしょうか」

「ええ」

「千紗さまは、藤崎家へ嫁ぐおつもりですか」

「むろんです」

千紗はきっぱり応えた。今さらなぜそんなことを訊くのかといぶかる顔である。

「なれど千紗さまは、ご結婚なさるのがおいやで、泣き暮らしておられると……」

「さようです」と言って、千紗は目を伏せた。強い眼光が見えなくなると、千紗はどこから見ても可憐《かれん》な娘だ。「はじめは、いやでした。非の打ち所がない、これ以上の相手はいないと言われても、なにやら血の通わぬお人のようで……」

それが、しくじりをした。一転、風当たりが強くなった。

「人の評判など、あっけのう変わります」

「お怪我をされているそうですね」

「そうなのです。祝言を挙げる頃になっても、痛みが残るやもしれませぬ」

「それでも、よいと？」

「はい。浩太郎さまは文をくださったのです」

千紗はひと膝、乗り出し、熱いまなざしを向けてきた。

自分は大きなしくじりをしてしまった、もう取り返しがつかぬやもしれない、怪我も負っているし、夫婦になれば千紗どのにも苦労をかけるにちがいない、遠慮はいらぬゆえ、縁談は断っていただきたい……。

浩太郎は文にそう認《したた》めてきたという。

千紗はふところから文を取り出し、胸に抱きしめた。

「わたくし、文を読んで、嫁ぐことに決めました。浩太郎さまが、にわかに血の通うた人間に思えてきたのです」

わかっていただけますかと訊かれて、結寿はうなずいた。

新之助の直情も若さなら、千紗の心変わりの早さも若さと言えるかもしれない。たった一通の文で浩太郎に惚れてしまった女心も、弱い立場になった相手を助けなければという使命感も、若さゆえの無謀さと紙一重。それでも、そこには真心がのぞいていた。

「お父上はなんと仰せなのですか」

「しくじりがわかったときは、ひどく腹を立てました。破談にすると騒いでいましたが、わたくしの気持ちが動かぬとわかり、今はもう、なにも言いませぬ。長い人生には幸不幸がある、一度のしくじりでつぶされるようならそれだけの男だ、跳ね返せと、浩太郎さまを励ましたそうです」

しくじってくれてよかったと、千紗は笑みを浮かべた。

完璧《かんぺき》な相手では自分の出る幕はないが、弱みや欠点があれば、自分も共に闘える。千紗が言うのはそういうことだろう。お飾りではなく自分も役に立てるのなら、夫婦になる意義があると……。

千紗の変わり身の早さを若さゆえの無謀さと思ったのは、間違いだったかもしれない。そう結寿は思った。千紗は人を見る目のある賢い娘だ。その娘が惚れた浩太郎も、惚れられるだけの値打ちのある誠実な若者にちがいない。

「結寿さま。なにとぞお祖父さまに……」

「かしこまりました。祖父には、千紗さまのお父上のお言葉を伝えて、藤崎さまへの心なき非難は撤回するよう、きつう申します」

「ありがとうございます」

「千紗さまがお幸せそうだったと伝えれば、新之助どのも安堵するでしょう」

新之助の名前を出したときだけ、千紗は申しわけなさそうな顔をした。

「新之助どのは心底、千紗さまのお幸せを願《ねご》うているのです」

「はい。新之助さまは、幼い頃から、いつもわたくしを気にかけてくださいました。ほんにおやさしい、頼もしいお方です。新之助さまのおそばにいたいと願うたこともありましたが……」

「部屋住みのままでは夫婦になれませせぬ。時期を待つ余裕が女にはない、そのことは新之助どのも承知しておりますよ」

「申しわけないと思います。なれど……」

千紗は結寿を見た。強い眼光が戻っている。

「新之助さまにもきっと、ふさわしいお人があらわれます。わたくしに、浩太郎さまがあらわれたように」

七

お婆さまが炬燵《こたつ》でうたた寝をしている。今にはじまったことではなかったが、いつにもまして満ち足りた寝顔だ。幸不幸が綾なす人生の中でもとびきり幸せだった時代を、夢でたどっているのだろう。

結寿は新之助と並んで、縁側に腰を下ろしていた。

日陰は肌寒いが、縁側の日だまりは暖かい。どこからか梅の香が流れてくる。

「千紗どのは、掘割へたどりつくのに、それがしとはちがう道を選んだ……というわけですね」

新之助はため息まじりにつぶやいた。

結寿から千紗の気持ちを聞いたときは、驚き落胆したようだった。それでも、案じたほどには落ち込んでいないようだ。宙ぶらりんでいるより、いっそ希《のぞ》みがないとわかったので、気持ちも楽になったのだろう。

庭に向けていた目を空へ上げ、眩《まぶ》しそうに瞬《まばた》きをしながら、新之助は唇の端をかすかにゆがめる。

「恋敵がしくじったと喜んだのに、結局、その落ち度ゆえに完敗してしまいました。皮肉なものです。しかし、千紗どのは賢い。他人のしくじりを喜ぶ男より、自分のしくじりが他人に難を及ぼさぬよう気づかう男のほうが、よほど上等です」

結寿は首を横にふった。

「上等も下等もありませぬ。お二人とも、千紗どののことを心から想うていた、それだけのことです」

言ったところで、なにやらてれくさくなる。

「わたくしったら、新之助どのといると、義姉《ねえ》さんぶって偉そうなことばかり。そんなことを言えるほど、大人ではないのに」

新之助は微笑《ほほえ》んだ。

「それがしには義姉上が大人に思えますよ。いえ、見かけや歳のちがいを言っているのではありませぬ。義姉上はいつも人の気持ちをわかろうとしてくださる……」

もしそうだとすれば、それは、自分自身が辛《つら》い恋を経験したからだと結寿は思う。悩み苦しんだことも、無駄ではなかったのかもしれない。

「こたびのこと、ありがとうございました」

新之助は居住まいを正して一礼した。

「いいえ。これからも困ったことがあれば、なんでも話してください」

夫や舅姑は当然だが、新之助やお婆さまと心を通わせてこそ、正真正銘、小山田家の家族になれるような気がする。

結寿と新之助が親愛のまなざしを交わし合ったときだった。

「また、おいでかえ」と、お婆さまの声がした。いつ夢から覚めたのか、炬燵に身を乗り出すようにして縁側を眺めている。

結寿はお婆さまのかたわらへ移った。

「ごめんなさい。お目覚めとは気づきませんでした。白湯でもお持ちしましょうか。そうだわ、三人で茶菓をいただきましょう」

結寿が腰を上げようとすると、お婆さまは結寿の袖をぐいとつかんだ。新之助のほうへ顎《あご》をしゃくる。

「いつものお客人じゃないのかえ。平左どのはどこかしら。お待たせしてはいけませぬよ。探しておあげ」

逆光になっているので、お婆さまには新之助の顔がよく見えないのか。

「あれは新之助どのですよ。新之助どの、小山田家の次男です」

お婆さまは小首をかしげている。

「新之助どの。こちらへいらして、お婆さまにお顔を見せてさしあげてください」

結寿は新之助を手招いた。

そばへやって来た若者をしげしげと見て、お婆さまはようやくうなずいた。

「あれま、背恰好《かっこう》が似ていたものだから……」

「どなたのことですか」

結寿が訊《たず》ねたとき、庭で大きな声がした。

「おう、ご新造さま、新之助どののもおいでか。ようござった。お婆さまがお寂しそうにしておられたゆえ、気にかかっておったのだ」

のそのそと上がり込む。

「庭でなにをしていらしたのですか」

「南天の実を集めておったのよ。天日で干して煎《せん》じれば咳止めになる。お婆さまは季節の変わり目に咳が出ると仰せゆえ、早めに煎じておこうと思うての」

ほれ、と南天の実を袖口から取り出す平左衛門を見て、

「へえ、南天の実は咳止めになるのですか」

「柘植さまはなんでもようご存知ですね」

などと、新之助と結寿は感心している。お婆さまは、愉《たの》しそうに紅い実を右手から左手、左手から右手へと移し替えては、少女のような笑い声を立てる。

結寿は女中に茶菓を運ばせた。

四人は炬燵にあたりながら、しばし和やかに談笑する。

お婆さまがおっしゃっていた客人とは、いったいだれのことかしら——。

昼間の出来事を思い出したのは、その夜、寝床へ入ってからだった。

春いちばんか、闇の中で、庭木がざわざわと不穏な音を立てている。お婆さまが見た幻影が現《うつつ》の人の姿となって庭を彷徨《さまよ》っているような錯覚をして、結寿はじっと耳を澄ませた。

大火のあと

一

春たけなわのその日は、朝から御難つづきだった。

万之助《まんのすけ》に襦袢《じゅばん》を着せようとして、結寿《ゆず》は袖の縫い目の綻《ほころ》びに気づいた。あわてて脱がせたところが袖がもげてしまった。

台所では、いつも慎重すぎるほど慎重なお浜《はま》が鍋をひっくりかえした。おまけにお婆さまの猫が、なぜか狂ったように駆けまわって、藤棚の上に跳びのったとたん棚板が割れ落ちた。猫は無傷だったが、棚は修繕しなければならない。

「わたくしとしたことが……面目もございません」

「火傷《やけど》しないですんだのですもの、幸運だったと思わなければ」

そろって運針の手を動かしながら、結寿はお浜をなぐさめた。結寿が繕っているのは夫の襦袢で、お浜が縫っているのは雑巾である。

「それにいたしましても、あの猫はいったいなににとり憑《つ》かれたか。マタタビを食べたって、ああはなりませんよ」

「怖い夢でも見たんでしょ。今はもう、お婆さまの膝の上で丸くなっています」

「猫が夢を見るとは初耳ですねえ。もっともあの猫なら、夢を見てもふしぎはないか。あれはふつうの猫じゃありません」

そのとおり。お婆さまが飼っている猫には異国の血がまじっているらしい。純白の長い毛におおわれ、薄茶色の目をした猫は、たしかに珍種である。といっても、結寿の関心は猫ではなかった。

「猫が跳びのっただけでこわれるなんて、積雪で板が腐っていたのかしら。お舅《とう》さまは棚を作り替えると仰せでした」

結寿は藤棚に目をやる。花の季節にはまだ間があるが、新緑の葉をつけた藤が簾《すだれ》のように風にゆれていた。突風にあおられるたびに乱舞する。

藤の花には時期尚早でも、小山田《おやまだ》家の庭には色とりどりの花々が咲き乱れていた。雪柳、山吹、木瓜《ぼけ》、連翹《れんぎょう》、椿……。さほど広くもない庭に花があふれているのは、小山田家の人々の春を愛《め》でる心のあらわれだろう。

竜土《りゅうど》町にある結寿の実家にも、かつては見事な桜の木があった。が、その木を愛した結寿の母が死去したために取り除かれ、跡には長屋が建っている。松や槙《まき》、楓《かえで》や桐《きり》にかこまれた庭は春の華やぎとは無縁だ。

子供心にも花恋しさがあったのか、狸穴《まみあな》町の祖父の隠宅にある山桜桃《ゆすらうめ》が結寿はなにより好きだった。薄紅の花がいっせいに咲いて雲のように空をおおう。大木の下にたたずみ、花の香につつまれるときの胸の昂《たか》ぶりといったら……。

「山桜桃も今が盛り。お祖父《じい》さまも百介《ももすけ》も、朝に夕に眺めておられましょうね」

郷愁に似た思いにかられて吐息をもらしたとき、また突風が吹いた。

「あれまァ、風が強うなって参りました」

風で飛びそうになった雑巾を座布団で押さえ、裾の乱れを気づかいながら、お浜はよっこらしょと腰を上げた。襖を閉める。

「この風では山桜桃もあっという間に散ってしまいましょうよ」

「春の嵐ね」結寿も襦袢をかたわらへ置いた。「お婆さまの様子を見て来ます」

「さっきいらしたばかりではありませんか。なにもご新造さまがさようにお気をつかわれなくても……」

お浜が顔をしかめるのは毎度のことだ。お婆さまが舅姑《きゆうこ》の母ではなく、遠縁ではあるもののただの居候なので、軽んじる気持ちがあるのだろう。離れにはお婆さまの他にもむくつけき居候、柘植平左衛門《つげへいざえもん》がいるので、それにも警戒している。

お浜の言葉を聞き流して、結寿は離れへ行ってみた。

お婆さまは座敷にちょこなんと座り、吹きさらしの中で庭を眺めていた。お婆さまの後れ毛も、膝の上の猫の毛も、風にあそばれている。

「まァ、お寒うはありませぬか」

春といえども風は冷たい。襖を閉めようとすると、お婆さまが「なりませぬ」と声を立てた。

「今日はお宝を運ぶ日ですから」

「え?」と、結寿は目を瞬《しばたた》いた。突拍子もない応えに面食らっている。「オタカラ、ですって?」

「そう、お宝。フフフ、今度は花器か茶器か……」

お婆さまはおちょぼ口をすぼめて忍び笑いをもらした。

いったいなんのことか。そういえばお婆さまは、柘植平左衛門が見事な花器を持っていると言ったことがある。平左衛門はお婆さまの記憶ちがいだと笑い飛ばした。

窮乏して小山田家へ転がり込んだ平左衛門が、高価な花器を持っているはずがない。高齢のお婆さまは物忘れがひどく記憶もあいまいで、しょっちゅう夢と現《うつつ》がごっちゃになってしまうようだった。そんなことだろうと、結寿も気に留めなかった。

お宝も、お婆さまの妄想にちがいない。

「でもこの大風ではお宝は運べませんよ」

結寿は調子を合わせた。

「あら、そうかしら」

お婆さまは玩具をとられた子供のような顔になる。

「縫い物をこちらへ持って参ります。ですからお話をしてください。お婆さまの、お若いころのお話を」

何度も聞いた話をまた聞かされるかもしれないが、そこにはいつも新たな発見があった。小さなひとコマひとコマが、居眠り三昧《ざんまい》の老女を初々しい娘によみがえらせる。それが愉しい。

お婆さまがうなずいたので、結寿は襖を閉めた。お婆さまの背中に綿入れをかけてやる。

「では縫い物を取ってきますね」

お婆さまの部屋を出る。平左衛門の部屋の前を通るときは思わず聞き耳を立てた。「お宝」の話が、わずかながら耳に残っていたからだ。

閉め切った障子の向こうに、人のいる気配はなかった。

結寿は縫い物を持ってお婆さまの部屋へ戻るつもりだった。ところが、それどころではなくなってしまった。

「ご新造さまッ。大変ですッ」

お浜が駆けて来た。

「か、火事にございます。いえ、火の元は神田のあたりではないかと……。遠いとはいえ、すさまじい勢いで燃え広がっているそうで……」

急を知らせた結寿の実家の下僕がまだ玄関にいると聞いて、結寿も駆けつける。

姑《しゅうとめ》と義弟の新之助《しんのすけ》、女中たちが集まっていた。

「結寿どの、聞きましたか」

「義姉上《あねうえ》、大変なことになりました」

姑と新之助が口々に言うと、下僕も身を乗り出した。

「へい、あっという間に神田川を越え、お玉ケ池のあたりまで燃え広がったそうでございます。小伝馬町の牢屋敷も葺屋町《ふきや》の芝居小屋も、この勢いでは日本橋も危ういのではないかと……」

下僕は、湯島天神にある結寿の継母の実家へ使いに行った帰りに火事を知り、大急ぎで竜土町へ帰る途中だという。くれぐれも油断をなさいませんようにと言い残して、大あわてで飛び出して行く。

皆も庭へ出て東北の空を眺めた。はるかかなたに灰色の雲のようなものが見えた。隣近所の家々にも第一報が届いたのか、ざわついた気配が流れてくる。

いくらもしないうちに半鐘が鳴り出した。まだ一打と一打の間が離れている。近場でないことはたしかだが、だからといって、安心はできなかった。突風が思わぬ遠方へ火の粉を飛び散らせるのは、だれもが知っている。

「まさか、ここまでは燃えまいと思いますが……母上はどう思われますか」

「だとしても荷物だけはまとめておきましょう。新之助、結寿どの、手を貸してください。それからそなたたちは炊き出しの仕度を……」

五年前のように神田から日本橋、築地まで焼き尽くすほどの大火になれば、避難した人々が押し寄せてくる。炊き出しの仕度は欠かせない。

小山田家はにわかに忙しくなった。

家人は皆、それぞれの仕事に散って行く。

それでもこのときはまだ、だれもが――むろん結寿も――五年前をしのぐ大火になるとは思ってもいなかった。

二

結寿は、なすすべもなく天をあおいでいた。暮れかかった東方の空に火の粉が吹き上がるさまは、この世のものとは思えない。

旦那さまは、お舅《しゅうと》さまは、どこでどうしておられるのかしら――。

小山田家の当主と嫡男《ちゃくなん》の万之助は登城したままだった。御先手組《おさきてぐみ》は五門の警備や将軍の警護が役目、戦時には先陣をつとめる武官である。いつ飛び火するか、城中が大騒ぎになっているこのときこそ、忠義の見せどころである。

「どのあたりまで燃えてるのかしらねえ、湯島は無事でしょうか」

お浜は元は結寿の継母の侍女だった。継母の実家を案じている。一方の結寿にも差し迫った心配があった。

北風だ。このままでは八丁堀も危うい。

八丁堀には町方同心の組屋敷があった。組屋敷には妻木道三郎《つまきみちさぶろう》が住んでいる。心を通わせながらも結ばれないまま、今はそれぞれ妻と夫を持つ身になってしまったが、結寿の道三郎への思いは変わらない。それは、日々育ってゆく夫への情愛とはまったく別の、育つことこそないが消えもしないでいつもきらきらと輝いている、甘やかな思い出だ。

道三郎さまの身になにかあったら――。

道三郎には彦太郎《ひこたろう》という息子もいる。逃げまどっているのではないか、よもや、焔《ほのお》にまかれてしまったのではないか。思っただけで背筋が凍る。

たしかめるすべはなかった。

結寿の心配は他にもある。血の気の多い祖父は火事場へ駆けつけたのではないか。祖父は元火盗改方《かとうあらためかた》、火事と聞けばじっとしていられない性分である。できることなら狸穴町へ戻って無事な顔を見たかったが、むろん、そんなことをしている暇はない。

「こいつは五年前よりひどいことになるかもしれやせんぜ」

命からがら逃げて来たという男の言葉がどこからか流れてきて、なおのこと、結寿は不安に駆られた。

五年前の文政十二年（一八二九）の大火は、神田から出火して日本橋、八丁堀、築地の先まで焼けた。永代橋はじめ多くの橋が焼け落ち、殺到した人々が煮え湯のごとき川へ落ちたり飛び込んだりして焼死したという。幸い竜土町の結寿の家は無事だったが、火事の恐ろしさや焼け出された人々の困窮ぶりは、結寿の胸にもくっきりと刻まれていた。

あの悲劇が再現されるのではないか。日本橋が燃えている、永代橋も危ない……噂《うわさ》が耳に入るたびに、結寿の不安も大きくなってゆく。

どうか、どうか道三郎さまを、彦太郎どのを、お守りください――。

忙しく働きながら必死に祈る。

夜になっても喧噪《けんそう》は鎮まらなかった。榎《えのき》坂から飯倉《いいぐら》町の大通りにかけて、劫火《ごうか》を逃れて来た人々でごった返しているからだ。行く当てもなく彷徨《さまよ》う人もいれば、疲れ果てて道端へ倒れ込んでしまう人もいる。

「おう、おれも手伝うぞ」

平左衛門も加わって、小山田家の面々は炊き出しの握り飯を被災者にくばった。

なかにはわずかな伝《つて》を頼りに小山田家へ逃げて来た家族もいる。空き部屋が満杯のため庭でひと息つく者もいて、一時は騒然となった。お婆さまが怖がるから離れの庭へは人を入れるなと平左衛門ががんばれば、庭は開放すべきだと新之助が言い張り、言い争いになるひと幕も……。

もっとも、庭に寝泊まりする者はいなかった。武家屋敷へ逃げ込んだのは武家の家族だから、庭で寝る前に別の伝を求めて去ってゆく。

「八丁堀は影も形もござらぬぞ」

木挽《こびき》町から逃げて来たという縁者のひと言が、結寿を打ちのめした。

「組屋敷が焼けたのですか」

「きれいさっぱりだ。早々と逃げた者もいるが、町人の世話をしていて逃げ遅れた武士《さむらい》もおるらしい」

それ以上は訊《き》けなかった。衝撃のあまり声も出ない。

道三郎が、自分の家人だけを連れて早々と逃げ出すとは思えなかった。一人でも多くの町人を助けようと駆けまわっているにちがいない。となれば……。

「どうした？　顔色がわるいぞ」

平左衛門に呼び止められた。

「なにやら気分がわるうて……少し吐き気がします」

結寿は胸に手をやる。

「火はおさまってきたそうですよ。お休みなされ」

「ご新造さまに倒れられては、かえって皆さまにご迷惑がかかります」

姑に勧められ、お浜に強引に引っぱられて、結寿はお婆さまの部屋で仮眠することになった。が、体を休めても、不安と怯《おび》えは癒《いや》されそうにない。

お婆さまは……といえば、火事に怯えるふうもなく、騒々しさを厭《いと》うふうもなく、いつもと同じ穏やかな顔で床に身を横たえていた。では火事があったことを知らぬのかといえば、そんなことはない。

「火事にはねえ、幾度、焼け出されたか。着の身着のまま逃げたこともありましたよ」

などとつぶやいている。

そのうちにお婆さまは寝息をたてはじめた。が、結寿は眠れなかった。疲れているのに眠れないのは、心労がはげしすぎて眠る力さえ奪われてしまったからだろう。

「お婆さま。わたくし、不安でなりませぬ」

思わず話しかけている。老いて貧弱なお婆さまが、なぜか、とてつもなく大きな存在に思えた。

熟睡しているはずだ。話しかけても目覚めないと思った。

お婆さまはぱちりと目を開けた。結寿に顔を向けてしげしげと眺める。それから、にこりとうなずいた。

「心配はいりませぬ」

「お婆さま……」

「ええ、いりませぬよ。取り越し苦労はおよしなされ」

「でも……」

「心配はね、不幸を呼び込みます」

お婆さまの声はまろやかだった。隣の床に寝ている老女の口からではなく、天空のかなたから聞こえてくるような……。

結寿は目を閉じる。

ふしぎなことに、安らかな眠りがやって来た。

三

こんなときに寝過ごしてしまうなんて——。

目覚めるや、飛び起きた。

まだ白々明けだった。寝坊をしたわけではなかったが、仮眠のつもりだったのに寝入ってしまったので、結寿は後ろめたい気持ちになっている。

お婆さまを起こさぬよう、手早く身仕度をととのえて母屋へ出て行った。そこここで寝息やひそひそ声が聞こえている。

お浜は板間に座ったまま、うたた寝をしていた。

「いやだ、わたくしとしたことが……」

「寝ていないのでしょう。ご苦労でした。おまえも休みなさい」

「いいえ、わたくしはけっこうです。それより、おかげんはいかがにございますか。昨夜はひどいお顔をしておられましたよ」

「もうようなりました。お婆さまのおかげでぐっすり眠りましたから」

「さようですか。こちらもようやくひと息ついたところです」

「鎮火したのですね」

「はい。ありがたいことに。まァ、神田も日本橋も焼け野原だそうにございますが、お城に飛び火しないだけでもめっけものと思わなければ」

八丁堀も燃えてしまった。道三郎父子の安否が気がかりで、胸がしめつけられそうだ。が、結寿はもう、不安を他人に見せないだけの気丈さを取り戻していた。

——心配はいりませぬ。

根拠はないけれど、お婆さまの言葉が心の支えになっている。

「旦那さまもじきに帰って来られますよ。朝餉《あさげ》の仕度をはじめましょう」

「握り飯と温かい汁を皆にくばるよう、奥さまから言われております」

仮眠をしていた女中たちも集まって来て、再び炊き出しがはじまった。姑の指図で、避難している人々の着替えや薬なども用意する。そのうちに陽が昇り、知人や縁者の消息を聞き合わせたり、見舞いの仕度をしたりと、忙しい一日がはじまった。

あわただしく働いているほうが、最悪の事態を考えずにすむ。結寿も大通りまで出て行って握り飯をくばったり、けが人に薬を塗ってやったり、休む間もなく働いた。

万之助が帰宅したのは、出火から丸二日近く経った午過《ひるす》ぎだった。

「大事ないか」

「ご安心ください」

「火がまわるのではないかと案じておった。早《はよ》う様子を見に帰りたかったが……」

城内も大騒動だったようで、万之助も不眠不休で警固にあたっていたという。

「床をとります。お休みくださいませ」

「いや、すぐに行かねばならぬ。やることが山とあるでの」

お救い小屋を建て、施粥《せがゆ》をくばる。万之助の役目は火事場泥棒に目を光らせることだった。暴徒が城内へ入り込まぬよう、舅も御門の警備に就いているという。

「ご隠居のことも気がかりだろう。だがひとりで出かけてはならぬぞ。様子を見に行くなら、新之助を連れて行け」

こんなときは、どさくさにまぎれて悪事を働く者も増える。

妻に気づかいを見せるや、万之助はあわただしく出かけて行った。大火の翌々日とあっては、だれものんびり休んでなどいられない。

しばらくして、新之助が結寿のところへやって来た。

「義姉上《あねうえ》を狸穴へお連れするよう、兄に言われました。母も様子を見て来るようにと言っています」

万之助は、新之助ばかりか姑にも話しておいてくれたのか。

「すみませぬ。忙しい最中に……」

「いくらもかかりませぬよ。陽のあるうちに戻って来ればよいのです」

お浜には声をかけず、結寿は新之助と共に家を出た。

飯倉町の大通りは人が行き交っていた。焼け出されて野宿をしていたのか、煤《すす》けた着物を着て茫然《ぼうぜん》と歩いている人を見かけるたびに、結寿は胸をつまらせる。大通りから東北を見れば、かなたに見えていたはずの家並みがなかった。

新之助も言葉を失っているようだ。二人は黙々と狸穴坂を下る。

坂から見下ろす景色はいつもと同じだが、ここにも変化があらわれていた。あちらこちらに人だかりがしている。やはり焼け出された人々だろう。

道三郎さま、どうかご無事で——。

ゆすら庵が近づくにつれて、動悸《どうき》がはげしくなっていた。知りたいけれど怖い。怖いけれど知りたい。

顔が強ばっていたのか。

「ご隠居なら心配はいりませぬ。こういうときはどうすべきか、心得ておられるはずですから」

年の功だと言いたいのだろう。結寿が案じているのは、祖父のことではなかった。昔も今も想い焦がれる男の安否が気にかかっているのだと打ち明けたら、新之助はどんな顔をしようか。

新之助には、嫁ぐ前に恋をしていた、と打ち明けていた。が、過去の話として聞くことと現実の話として聞くことは、同じではないはずだ。

狸穴坂を下りた辻にも人がたむろしていた。被災者もいれば、火事の話をしている町人もいる。

「やァ、姉ちゃんッ」

小源太《こげんた》が駆けて来た。毎度のことながら、小源太の目ざとさには舌を巻く。もっとも口入屋《くちいれや》のゆすら庵は店の戸を開け放しているし、そこからは道をへだてて切り通しになった坂が見えるから、坂を上り下りする人が小源太の目を逃れるほうがむずかしい。

「皆、無事でしたか」

家が安泰でも、出先で災難にあう人がいる。人の宿命《さだめ》は測りがたい。

「ウン。こっちは無事だけど、とにかく人がすごくってサ。どこもかしこも足の踏み場がないってやつ」

それでも出火から丸二日が経ってようやく人心地ついてきたのか、焼け跡を見ようと引き返す者や、新たな避難場所を探して移動する者もいて、だいぶ落ち着いてきたという。

「お祖父さまは？」

「どっかへすっ飛んでっちゃ帰って来て……今はいるよ」

「なら百介もいるわね」

「ウン。彦太郎どのも」

結寿は目をみはった。ごくりと唾《つば》を呑み込む。

「彦、太郎、どの、だけですか」

小源太はもう、先に立って路地へ曲がり込もうとしていた。結寿の祖父、溝口幸左衛門《みぞぐちこうざえもん》の住まいはゆすら庵の裏手で、入り口は路地を入ったところにある。

「彦太郎どのは、だれと逃げて来たのですか」

新之助をうながして小源太のあとへつづきながら、結寿は追いすがるように訊《たず》ねた。

「おっ母さんと」

「おっ母さん……妻木、妻木さまのご新造さまですね。では妻木さまは……」

「御用があって、逃げるわけにはいかないからって」

「残ったのですかッ」

「さっき、おっ母さんが探しに出かけた」

木戸の前に来ていたが、結寿は棒立ちになっている。

「ほら、空き地もいっぱいだろ」

小源太は路地の奥の空き地を指さした。ここでも被災者が野宿をしている。水をもらいに来たり厠《かわや》を借りに来たりするので、ゆすら庵だけでなく、祖父の隠宅も昨日はおおわらわだったという。

そんなことより結寿は、道三郎のことをもっと詳しく知りたかった。火事の現場に残り、今日になって妻女の勝代《かつよ》が行方を探しに行ったというなら、道三郎は行方知れずになっているのか。それにしては、小源太の声に切羽つまった響きがない。

「妻木さまの安否がわからぬのなら、小源太どのも心配でしょう？」

木戸の中へ入ってゆく小源太の背中に、結寿は夢中で訊ねていた。かたわらに新之助がいることなど忘れている。

小源太ははじかれたように振り向いた。心底、驚いているらしい。

「なんでさ？　妻木さまだもの、かすり傷ひとつ負うもんか」

なぜわかるのか。どうしてそう信じられるのか。焰に巻かれて多くの犠牲者が出ているというのに……。

けれど、小源太は理屈ぬきに信じているようだった。取り越し苦労はおよしなされとたしなめたお婆さまの柔らかな声音が、結寿の耳によみがえる。心配は不幸を呼び込むと、お婆さまは言わなかったか。

三人は満開の花をつけた――といっても強風で大方散り落ちた――山桜桃の大木を横目で見て、幸左衛門の隠宅へ向かう。

幸左衛門は寝ていた。徹夜をした上に、昨日は朝から被災者の世話に駆けまわっていた。仮眠をしただけで今朝も飛び出し、いったん帰宅した。今度は焼け跡の見まわりに行くと意気込んでいたが、歳には勝てず、眠り込んでしまったという。

「ご婚家の皆さまはご無事にございますか」

百介は結寿の顔を見て、安堵《あんど》の息をついた。

「小山田家も溝口家も大事はありませぬ。なれど妻木さまが……」

結寿は不安を隠せなかったが、道三郎のことは、百介もさほど心配はしていないようだった。

「榎坂まで坊ちゃまとご新造さまを送っていらしたそうですから」

「逃げ遅れて火に巻かれたわけではないのですね」

「へい。新橋のあたりで、歩けないお人を助けていたそうにございます」

増上寺《ぞうじょうじ》へ逃げ込むか、溜池《ためいけ》を目指すか、道三郎に教えられてこの空き地へ避難した者もいるというから、それなら百介や小源太が道三郎の身を案じていないわけもわかる。

「彦太郎どのは？」

「井戸端に。それはもう、甲斐甲斐《かいがい》しく働いておられますよ」

結寿は井戸端へ行ってみた。

彦太郎は煤けたいでたちのまま、小源太や小源太の兄の弥之吉《やのきち》といっしょに水を汲《く》んでいた。まわりには水をもらいに来た人々が列をなしている。

「結寿さまッ。ご無事でしたか」

「彦太郎どのも、ご無事でようございました」

釣瓶《つるべ》を放り出して駆けて来た彦太郎を、結寿はひしと抱きしめた。

「さぞや怖い思いをしたでしょう。大変でしたね」

「神田で火が出たと聞いたとき、父はすぐさま逃げろと言ってまわりました。五年前と風向きが同じだからと。でも、対岸の火事、大したことはないと聞かない人もいました。あの人たちがどうなったかと思うと……」

家族とはぐれた人や橋が焼け落ちる現場を見た人など、道々、悲惨な話を耳にした。

彦太郎自身も死人やけが人を目にしたという。子供のまなざしは悲痛だった。なぐさめる言葉もなく目を上げると、いつからそこにいたのか、新之助が彦太郎の代わりに釣瓶をたぐっていた。袖まくりをした腕は思いのほか逞《たくま》しい。

「これからが正念場ですね。力を合わせてがんばりましょう」

「母も同じことを言いました。町方同心の女房が手を拱《こまぬ》いてはならぬと」

では、道三郎の妻女は、道三郎を探しに行くというより、手助けをするために出かけたのか。

こんなときに不謹慎だと思ったが、結寿は勝代に嫉妬《しっと》を覚えた。夫のもとへ駆けつけ、嬉々《きき》として手助けをする妻――。それが自分であったらと思わずにはいられない。

「落ち着いたら、様子を知らせに来てくださいね」

結寿は百介に頼んだ。もちろん、暗に、道三郎の安否を教えてくれと言っている。家を失った道三郎一家はどうするのか、それも聞いておきたい。

「へい。飛んで参ります。小山田さまもごったがえしておられましょうが……」

そう。長居はできない。新之助に声をかけ、二人は祖父の隠宅をあとにした。

狸穴坂を上りながら、結寿は思わずため息をついた。

「彦太郎どの、ですか。まるで母子のようでしたよ」

新之助に言われてはっとする。年齢を考えればもちろんそんなことはあり得ないが、結寿がどきりとするのは当然だ。

新之助は、結寿の表情の変化を、別の意味にとった。

「これは失言。子供子供と言われて、義姉上はうんざりでしょう。嫡男の嫁は大変ですね」

「いいえ。でもこればかりはどうにもできませぬ。お舅さまお姑《かあ》さまには申しわけないのですが……」

「気にすることはありませぬ。のんびり構えていればいい。世の中、なにが起こるかわからぬのですから」

新之助は、なにかが起こる、と言ったわけではなかった。が、言い終わらぬうちに、眸《ひとみ》を凝らした。横顔に緊張が走る。

「火だッ。火が見えますッ」

東北に目をやった結寿も、あッと声を上げた。

「まさか……」

「燃えている。また燃えだした。大事にならねばよいが……」

二人はあわてて坂を上りきる。

飯倉町の大通りへ出ると、すでにあたりは大騒ぎになっていた。相変わらずの強風である。くすぶっていた火がまた燃え出したのか。それとも一昨日《おととい》の火事で不便を強いられ、疲れ果てただれかが、不注意から失火したのか。飛び交う声によれば、火の元は先の火事で焼け残った日本橋の檜物《ひもの》町で、燃えているのは西河岸通りらしい。

もう安全だと聞いて家へ戻り、延焼をまぬがれてほっとした人々が、またもや火に追われて逃げまどう。いったん気をゆるめたあとだけに、さぞや動転しているにちがいない。炊き出しや施粥をしていた人々も無事、逃げおおせたかどうか。

道三郎さまもご新造さまも近場にいらしたはずだわ――。

またもや不安がこみ上げた。が、どうすることもできない。

うろたえてはだめ――。

結寿は歯を食いしばる。

いずれにしろ家へ帰って、万全の仕度をととのえておく必要があった。

「義姉上、急ぎましょう」

「はい。新之助どの。かようなときにありがとうございました」

二人は大通りを渡り切り、小山田家の門内へ駆け込む。

四

火事騒ぎはまだお終《しま》いではなかった。

西河岸通りの火事はその日のうちに鎮火したが、さらに翌日は大名小路から出火して、築地芝口まで焼け野原になった。連日の火災に人々は生きた心地もしない。

「これでは休む暇もありませぬ。お体は大丈夫でしょうか」

日頃は気丈な姑も、帰宅したと思えばあわただしく出かけてゆく夫の体調を心配して、家事が手につかないようだ。それは結寿も同様だった。舅も万之助も、帰宅するたびに疲労の色が濃くなってゆく。

今度こそ延焼はないと確信がもてるようになったのは数日が経ってからで、その頃には寺社や空き地、道端で野宿していた被災者の姿も、ほとんど見かけなくなっていた。焼け跡にお救い小屋ができたためである。

さらに数日後、百介が訪ねて来た。こっちのほうが居心地がよいからと縁側に腰をすえ、ちらちらと離れの方角へ目をやる。

「お婆さまなら、お変わりのう過ごしておられますよ」

「へ、へい。へいへい、それはなによりにございます」

百介は手のひらでつるりと顔を撫《な》でた。なにから話そうかと考えているらしい。

結寿は逸《はや》る胸を鎮めた。道三郎一家はどうなったか、真っ先に訊きたい。が、これまで火急の知らせがなかったのは、異変がなかったということだろう。道三郎も無事でいるはずだ。

「お祖父さまは落ち着かれましたか」

「落ち着くというより、落ち着かざるを得ないってェやつで……へい」

張り切り過ぎて腰を痛め、寝込んでいると聞いて、結寿は案じ顔になった。

「いえいえ、ご心配なさるほどのことはございません。心配なのは、妻木さまのほうでして……」

結寿は顔色を変えた。

「妻木さまがどうかされたのですかッ」

「へい。あっと、いや、妻木さまご本人ではなく、ご新造さまにございますが……大火傷をなさいました」

「まァ、勝代さまがッ。大事はないのでしょうね」

「倒れてきた梁《はり》の下敷きになられたそうで……大事にはございますが、お命には別状なかろうと……」

勝代は、鎮火するのを待って夫を探しに行った。焼け残った番所で道三郎を見つけ、そのままそこで炊き出しやけが人の世話に当たっていたという。

ところが第二の火災が発生した。

「御足《おみあし》をやられて歩けないので、妻木さまが背負って帰っておいでになられました」

結寿は唇をゆがめる。

大火傷をした勝代を気の毒だと思う気持ちも、助かってよかったと思う気持ちも、嘘《うそ》ではなかった。けれど正直なところは、少しばかりいらだたしくもあった。彦太郎の世話を託されていながらなおざりにして、わざわざ道三郎のもとへ駆けつけた。おかげでかえって足手まといになってしまった。妻を助けるために道三郎が命を落とすことも、なかったとは言えない。

色白中高の気位の高そうな勝代の顔を、結寿は思い出していた。勝代を背負って狸穴坂を下りる道三郎の姿を想像すると、悔しさと悲しさで身が引きちぎられそうだ。

とはいえ結寿は、たちどころにその思いを恥じた。

「ご新造さまはお祖父さまの家で養生しておられるのですか」

穏やかに訊ねる。

「へい。今はまだ動かすわけには参りやせんので」

「さようですね。わたくしもなにか見舞いを用意しましょう。くれぐれもお大事に、と伝えてくださいね」

へいとうなずいた百介は表情をあらため、ぐいと膝を寄せてきた。

「実は、妙な話がございます」

離れへちらりと視線を走らせたのは、何度目か。

「妙な話……」

「ここからは妻木さまにうかごうたのですが……妻木さまは火事場泥棒を捕らえたそうにございます」

金目の物が落ちていないか焼け跡を探るのはよくあることだ。避難途中の荷車から金品を強奪したり、避難場所で置き引きをしたり……無一文になった者が悪党に転ずるのはいたしかたのないことでもあった。

といって見逃していたら、悪党だらけになって江戸の治安は最悪になる。こんなときこそ、町方同心の出番だ。

「半焼した武家屋敷へ入り込んで物色していた男を捕らえたそうで……ところが、どうも素人《しろうと》ではないようで」

火事場以外でも盗みを働いていたとにらんだ道三郎は、男を番所の牢へ閉じ込めた。男が黙《だんま》りを通していたからで、即座にお裁きの場へ引き出すには引っかかることがひとつ、あったためだ。

もっとも奉行所も小伝馬町の牢屋敷も焼失している。どこへ連れて行くか、これも厄介な問題である。

ともあれ、番所の仮牢には火事場泥棒が一人。

「引っかかることとはなんですか」

「へい、そのことなんでさ……。そやつ、こちらの請状《うけじょう》を持っておりました」

請状とは雇い主が奉公人に渡す書き付けで、たしかに自分のところの奉公人であると証明するものだ。

「こちらの、とは、小山田家の？」

結寿は驚いた。泥棒がなぜ、小山田家の請状を持っているのか。

「名はなんと書いてあったのですか」

「五平《ごへい》」

「まァ。五平は老僕です。今しがたも裏庭で薪を割っていましたよ」

「むろん、盗まれたものでしょうがね。下手に表沙汰《おもてざた》にして小山田家に災いが及んではまずうございます。妻木さまはご自分でお調べになろうと考えて、あわただしい最中ゆえ、やむなく仮牢に留め置かれたそうにございます」

「で、どうなったのですか、その泥棒は？」

「二度目の火事が出た際、連れて逃げようとなさいましたが、ご新造さまが火傷をされました。となれば背負うのに両手が要ります。泥棒のほうは断念しなければなりません。悪党といえども焼け死ぬのを見殺しにするわけには参りやせんし……」

「逃がしてやったのですね」

道三郎ならきっとそうするはずだ。他には考えられない。

百介はうなずいた。

「泥棒が生き延びたかどうかはわかりません。混乱の最中の出来事ですから、これ以上、どうこうすることもできますまい。なれど妻木さまは請状のことがお気にかかっておられるようで、結寿どのに会《お》うたらお耳に入れておいてくれ、と仰せになられました」

もしや、生き延びた泥棒が請状を振りかざして再び悪事を働くことも、ないとは言えない。

「だれにどこまで話すかは結寿どのにお任せいたす、とも」

道三郎が見たというだけで、請状は手元にない。泥棒もいない。

「百介。わたくしはどうしたらよいのでしょう?」

結寿はにわかに心細くなった。又聞きの又聞きである。しかも道三郎がからむ話を、だれに、どんなふうに、話せばよいのか。

百介も思案している。

「まずは五平に、請状の在処《ありか》を訊ねてみてはいかがでござんしょう」

持ち歩いていて、どこかへ落としたということもある。うっかり置き忘れたのかもしれない。大騒ぎをする前に、それだけはたしかめたほうがよい。

「そうですね。早速、訊ねてみます」

「それからご新造さま、五平にはこのこと、口止めしたほうがようございますよ。万にひとつ、だれかが泥棒に請状を渡した、ということもござんしょうから」

「家の者が、ですか。百介ったら、まさかそんな……」

笑い飛ばそうとした結寿の目を、百介はじっと見た。

「万にひとつ、と申しました」

「え、ええ……」

「ご本人は知らずとも、訪ねて来た者が盗んだ、とも考えられます」

百介の目が動いた先を追いかけて、結寿はもう一度、声を上げそうになった。

お婆さまは、柘植平左衛門のもとへときおり人が訪ねて来ると言っていた。小山田家の家人が、門番でさえも、その事実を知らないということは、お婆さまの白昼夢としか思えない。

けれど、もし、お婆さまの言葉が正しかったら――。

人知れず出入りをしている男なら、うしろ暗いものを背負っていてもふしぎはない。出入りをするうちに、平左衛門さえ気づかぬ間に、五平の請状を盗んだということも、なきにしもあらず。

「百介ッ」

「いずれにいたしましても、そやつは火事で命からがらの目にあっております。今すぐどうこうすることはありますまい。くれぐれも気取《けど》られぬよう、あわてず騒がず、それからそう、やはり怪しいとなれば、そのときは旦那さまにお話しなさることにございます」

「旦那さまは連日連夜、飛びまわっておられます。煩わせとうありませぬ」

「では、使いをくだされば、あっしが飛んで参ります。旦那さまにも相談の上、事を荒立てぬよう、上手く始末をつけましょう」

三度に及ぶ大火の恐怖も覚めやらぬときだというのに、小山田家で禍々《まがまが》しい出来事が起こりかけていようとは……。

「頼みます。五平に請状のことを訊いたら、すぐに知らせます」

結寿と百介はうなずき合った。

五

五平から話を聞くのは簡単だった。

「小抽斗《こひきだし》の中に入れております」

五平は古参の奉公人である。どこへ使いに行っても、たいがいは顔を知られていた。三月の出替《でが》わりに新たな請状をもらうものの、古い請状を破り捨て、新しいものを抽斗に入れるだけで、ほとんど持ち歩くことはないという。

「どのようなものか、見せていただきたいのですが……」

「へいへい、お安い御用で」

五平は抽斗を開けた。が、思ったとおり、請状はなかった。

「おかしなことがあるものでございます」

五平は首をかしげながらあちこち探しまわったが、もとより大した持ち物はない。請状は見つからなかった。

泥棒が五平の請状を持っていた、などと話せば、五平は怯えてしまうにちがいない。

「人が出たり入ったり、この騒ぎでしたから、どこぞにまぎれてしまったのでしょう。そのうちに出て来ますよ」

心配はいらない、このことはだれにも言わぬように、と念を押して、結寿は自分の部屋へ戻った。

お浜が気づかわしげな顔で迎える。

「お顔の色がわるうございますよ」

「なんだかむかむかするのです」

「大火からこっち忙しい思いをなさいましたから、お疲れが出たのでしょう。そういえば大火の日もご気分がすぐれぬと仰せでした」

そうだった。あのときは道三郎の安否を心配するあまり、気分がわるくなったのだ。

今は、五平の請状を持っていた泥棒のことが気がかりで、鳩尾《みぞおち》がしめつけられるような不快感におそわれている。

「床をとります。お休みください」

「その前に、お婆さまにうかがいたきことがあります」

「またですか。なにも今でのうても……」

五平の請状が盗まれた。使いをやって、百介に知らせたほうがよい。が、その前にもうひとつだけ、調べておきたいことがあった。

平左衛門に客が来たか来ないか。それは、お婆さまの見たものが現か幻か、ということでもある。それだけは、もう一度、お婆さまに訊ねておきたい。

お浜には話せなかった。信用はできても、お浜は口が軽い。真実がわからぬうちに話が広まっては、見えるものも見えなくなる。

鳩尾だけでなく頭も重かった。体がだるく、吐き気もしている。

それでも結寿は気が急《せ》いていた。引き止めるお浜を振り切って離れへおもむく。

お婆さまは、こともあろうに、平左衛門とおしゃべりをしていた。

結寿を見ると、平左衛門は愛想のかたまりのような顔で目くばせをする。

「お婆さまと郷里の話をしておったところだ。大火やらなにやら忙しゅうしておったゆえ、お寂しかろうと思うての」

「柘植さまはよう働いてくださいました」

気分のわるさを押し隠して、結寿も仲間に加わる。

「お婆さま。柘植さま、いえ、平左どのは、焼け出されたお人のために、けんめいに尽くしてくださいましたよ。水汲みやら薪割りやら、荷物運びの手伝いやら……」

お婆さまはにこやかな顔でうなずいた。

「そうでしょうとも。平左どのはお小さいころからやさしいお子でしたよ。色白のひ弱な童で、しょっちゅう熱を出していましたが……」

「ハハハ、いつのまにか、かようにでっかくなってしもうたわ」

「秋葉《あきば》さまに相撲を奉納したのは、おいくつのときでしたっけ」

「ええと、あれは七つか八つか……」

「もっと大きゅうございましたよ。仁王さまのような子供と当たって……」

「張り飛ばされた」

「いいえ、膈《すね》にかじりついて引っくり返して……」

「おうおう、そうじゃったそうじゃった」

どんなことでも聞きもらすまいと、結寿は耳をそばだてる。

昔のこととなると平左衛門の記憶はあいまいで、お婆さまのほうがはるかに物覚えがよかった。だからといって、二人のむつまじさに疑いを差し挟む余地はなさそうだ。平左衛門は今やすっかり小山田家の一員である。

もしも、お婆さまの言ったことがほんとうなら、平左衛門もだれかにたぶらかされているのだろう。だれにも言わないでくれと頼まれて招き入れた男が、五平の請状を盗んだ。その男が泥棒だとわかったら、さぞや仰天するのではないか。

いっそ、直截《ちょくせつ》に訊ねてしまいたかった。ここへ訪ねて来た人がいるのではありませぬか、いるならばどなたですか——と。

喉元まで出かかった言葉が声にならなかったのは、波のようにつづいていた吐き気が、急にひどくなったためである。

結寿は喉元に手をやり、大きく息をあえがせた。

平左衛門とお婆さまは驚いて話を中断する。同時に結寿を見た。

「すみませぬ。気持ちが、わるうて……」

「さっきから妙だと思うていた。なにかに当たったのやもしれぬの」

お浜を呼んで来ようと、平左衛門は腰を上げた。

「いえ、母屋へ戻ります。少し、おさまれば……」

ここで寝込むわけにはいかない。

「そうか。なればお連れしよう。おさまるまで横になってはどうじゃ」

二人が言い合っているときだった。お婆さまが突然、ぱちんと手を叩《たた》いた。

「やっぱり、そうですよッ」

うれしそうに息をはずませる。

けげんな目を向けた二人に、したり顔でうなずいて見せた。

「おめでたです。お子が授かったのですよ」

結寿は目を瞬いた。

平左衛門はおうッと奇声を発した。

「そうかッ。お子かッ。こいつはめでたい」

結寿は茫然としている。このところあわただしさにまぎれていたが、言われてみれば、思い当たることがないわけではなかった。

今一度お婆さまの目を見る。お婆さまの目はきらきらと輝いていた。白昼夢でも妄想でもない、現のまなざしである。

「わたくしに、ややこが……」

驚きと喜びに圧倒されて、吐き気は少しおさまっていた。

「お婆さま。嬉《うれ》しゅうございます。わたくし、母屋へ帰ります」

「大事なややこじゃ。大事になしなされや。平左どの、送っておあげなされ」

「おう、では参ろう。さァ、よいか、ゆるりと立たれよ」

結寿は平左衛門に支えられて立ち上がった。

念願のややこを授かったと知って気がかりのすべてを忘れてしまった結寿と、まるで自分の孫ができたと知らされたかのように笑みくずれている平左衛門、そして束の間、正気を取り戻したお婆さまと——。三人がこうしてひとつ喜びに心を合わせる瞬間がもう二度と訪れないなどと、このときだれが思ったか。

平左衛門に送られて、結寿は母屋へ戻った。親しげな二人を見て、お浜は眉をひそめたが、それも一瞬。

「まァ、いやですよ、わたくしとしたことが……あァ、なんとまァ……ご懐妊とは……まァまァ、ご新造さま、ようやりましたッ」

歓喜はお浜にも伝染した。

床に寝かされ、医者が呼ばれ、姑が駆けつける。赤飯が炊かれ、鯛が届けられ、お浜は大得意で竜土町の実家へ知らせをやった。もちろん狸穴町の隠宅へも。

大火事のあとの焼け野原にはまだ瓦礫《がれき》が山積みで、身元不明の死骸も積み上げられている。食べ物を求め、あるいは縁者を探して歩きまわる人々のよろめく足、うつろなまなざし……。

そんな中での懐妊だった。

それでも、それだからこそ、喜びも大きい。

「小山田家の初孫じゃ。でかしたぞ」

「男子でも女子でもよい。丈夫なややこを産んでくれ」

舅と万之助も疲れた顔に喜色を浮かべた。

思わぬ展開に気をとられて、結寿はその日、百介に知らせをやらなかった。そればかりか、あわただしく床についてしまったので、お婆さまの部屋に行っていたあいだに五平が請状の話をしに来たことも知らなかった。

五平は、最後に請状を持ち出したのは夏のはじめに亀戸《かめいど》天神まで遠出をしたときで、それ以後は見ていない……と教えにきたという。

これも、あとになってわかったことだ。

五平はそのとき、お浜に話の中身を明かさなかった。だから、平左衛門が結寿を母屋へ送ってきたあのごたごたの最中、お浜はただ「五平さんが参りましたよ」と告げただけだった。

結寿は聞き逃した。が、聞き咎《とが》めた者もいる。

翌朝の祝いの膳に連なっていた男は、夕餉《ゆうげ》の席にはあらわれなかった。

柘植平左衛門は、姿を消した。

平左衛門の心

一

藤色の花が滝のように流れ落ちている。薫風にゆれる姿はたおやかで、気品が匂《にお》い立つようだ。

小山田《おやまだ》家の庭にある藤棚は古いので棚板が腐ってしまい、猫が跳びのっただけで割れてしまった。すぐにも棚板を取り替えるはずが延び延びになり、花がちらほら咲きはじめた先日、ようやく新しい棚ができた。板が割れたまさにその日、江戸が大火に見舞われ、藤棚の修理どころではなかったためである。

神田から出火、日本橋、八丁堀、築地を延焼した大火は、いったん消えたと思ったらまた燃え出して、西河岸一帯と大名小路まで焼き尽くした。幸い麻布は被災をまぬがれたものの、混乱はつづき、気がつけばもう藤の咲く季節。

その藤棚の前に男の背中があった。藤棚は結寿《ゆず》と万之助《まんのすけ》夫婦の座敷から見える場所にあるので、結寿はさっきから気になっている。

「こちらにお座りになられませぬか」

縁側へ出て、遠慮がちに声をかけてみた。花を愛《め》でているだけの背中には見えない。なにか思案に暮れているような……。

後ろ姿は夫に似ていた。が、万之助ではない。万之助の父で、結寿には舅《しゅうと》の万右衛《まんえ》門《もん》である。万右衛門も万之助同様、寡黙で真面目《まじめ》一方の男なので、結寿はこれまで、舅と雑談に興じたことが一度もなかった。

「お舅《とう》さま。ごいっしょに茶菓でもいかがにございますか」

やはり物思いに沈んでいたようだ。舅の背中がぴくっと動いた。

「お？　おう、嫁御どのか」

万右衛門は振り向いた。穏やかな目でうなずく。穏やかだが、疲れのにじんだ目の色である。

結寿はかたわらにひかえているお浜に目くばせをした。

お浜は心得て席を立つ。

万右衛門は、どう見ても軽やかとは言えない足どりで近づいてきた。吐息をもらしながら濡《ぬ》れ縁に腰をかける。

「どうじゃ、大事ないか」

「はい。おかげさまで元気に育っております」

結寿は懐妊していた。小山田家待望のややこは、初冬には生まれる予定である。

二人は並んで藤を眺めた。

「万之助が生まれたときも藤の花が咲いていた。花などじっくり見る間はなかったが、あのときばかりはことのほか美しゅう思えての、朝に夕に愛でたものよ」

万右衛門は珍しく自分から話しかけてきた。

「万之助さまも新之助《しんのすけ》さまもこちらでお生まれになられたのですね」

「さよう。わしもここで生まれた」

小山田家は代々御先手組《おさきてぐみ》与力をつとめている。かつては小石川《こいしかわ》に住んでいたと聞くが、万右衛門の父の代にこの麻布市兵衛町の組屋敷へ移ってきた。

「藤棚とて古うなるのだ。わしもそろそろ万之助に家督を譲って隠居をせねばのう」

そう言いながらも、なにか心にかかることがあるのか万右衛門は眉をひそめている。

「お舅《わこ》さまはまだお若うございます。隠居など早《はよ》うございますよ。ご存分にお働きください」

「いや、大火がなければとうに届けを出していた。大火のせいで時機を失した。が、それでよかったのやもしれぬの。むろん、そのほうがよかった、などということになってもろうては困るが……」

結寿は小首をかしげた。なにを言っているのか、さっぱりわからない。

「なにをお困りになるのでございますか」

「あ、いや、なんでもない。何事によらず、時機を読むのはむずかしい、ということだ。それより、ご隠居のご容態はどうじゃ。なんぞ聞いておるか」

万右衛門は話題を変えた。胸の内になにを抱えていようと、今はもう、その話をするつもりはないらしい。

「快方に向こうておりますようで、もうひとりで歩けるそうにございます。かようなときに、ご心配をおかけして申しわけございませぬ」

結寿の祖父、溝口幸左衛門《みぞぐちこうざえもん》は、竜土町《りゅうどちょう》の実家を出て、小者《こもの》の百介《ももすけ》と狸穴《まみあな》町の借家で暮らしている。火盗 改 方《かとうあらためかた》与力として名を馳《は》せた幸左衛門は、大火の際も、昼夜を分かたず飛びまわっていた。張り切り過ぎて腰を痛めるまでは。

「ご隠居のことだ、さぞや歯がゆい思いをされたであろうのう」

「はい。百介の話では、だれかれかまわず八つ当たりをするので、皆、そばへ近づかぬようにしていたそうにございます」

二人が頬をゆるめたところへ、お浜が茶菓を運んできた。

「ほう、美味《うま》そうじゃ」

「お浜。これはもしや、ゆすら庵の……」

「はい。先ほど弥之吉《やのきち》とか申す者が届けて参りました。できたてをぜひ……と」

「やっぱりッ。おてい《ヽヽ》さんの柏餅ですね」

幸左衛門宅の大家はゆすら庵という口入屋《くちいれや》である。ていはゆすら庵の主《あるじ》、傳蔵《でんぞう》の女房で、弥之吉は長男。ていのつくった柏餅を、弥之吉が届けてくれたのだ。

これが次男の小源太《こげんた》なら、たとえお浜に迷惑顔をされようが結寿のところへやって来ておしゃべりをしてゆくところだが、気弱な弥之吉はたまに使いに来ても声をかけるのをはばかって、そそくさと帰ってしまう。

「お舅さま。さ、どうぞ。見た目はともあれ、おていさんの柏餅はちょっとした評判なのですよ。ぜひにと乞《こ》われて、武家屋敷へも届けているそうですから」

「では、馳走《ちそう》になるか。うむ。これは美味い」

万右衛門の表情が明るくなったのを見て、結寿も笑顔になった。

「大火以来、お休みになる間もなかったのです。美味しいものをたくさん召し上がって、お疲れを癒《いや》してくださいまし。さ、もうおひとつどうぞ」

結寿は柏餅の入った器を舅の膝元へ押しやる。

舅と嫁は、実の父娘《おやこ》のように、和やかなひとときを過ごした。

二

「なんですってッ」

結寿は目をみはった。

百介は人差し指を口の前に立てて、素早く左右に視線を走らせる。

舅の万右衛門と濡れ縁に並んで柏餅を食べた日から数日後、結寿は同じ場所で、百介と話をしていた。

祖父の隠宅は狸穴坂を下ったところにある。これまではひんぱんに行き来していたが、懐妊した今はそうもいかない。祖父の容態を気にかけながらも、結寿は身動きがとれずにいた。

そこへ、百介が様子を知らせに来てくれたのである。

――すっかりよろしいようで。

百介によると、幸左衛門は歩けるようになるや否や実家へ飛んで行き、大火以後、治安が悪化して出番の多くなった火盗改方の助っ人を買って出たという。もっとも、とうにお役を退いた老人にあれこれ口出しをされて、結寿の父親以下、火盗改方の面々はありがた迷惑にちがいない。

それはともあれ——。

今、百介はなんと言ったのか。結寿は、信じがたい思いで、百介のちんまりした顔を見返している。

「弥之吉ちゃんはそう言ったのですか。なぜわかったのでしょう」

「はじめはただ、どこかで見た顔だと思ったそうで……。あとから考えているうちに思い出した。そういえば、大火の前に小山田家で何度か見かけた男ではないかと……」

「名を知っていたのですか」

「いえ、知りません。ですが毛むくじゃらで、鼻が大きく、どんぐり眼《まなこ》の大男、とくればまちがいようがございやせん」

それならまさに、昨秋から半年近く小山田家に居候していた柘植平左衛門《つげへいざえもん》である。平左衛門はお婆さまの縁者というふれ込みで、小山田家へ転がり込んだ。お婆さまが住んでいる離れのひと間で暮らしていたが、大火のあと突然、姿をくらました。

お婆さまに挨拶《あいさつ》もしないでいなくなるのはおかしい。ちょうど小山田家の老僕の請《う》け状《じょう》——小山田家の奉公人であると証明する書き付け——が盗まれた一件でざわついていた最中でもあったので、結寿は、平左衛門の失踪《しっそう》がこの一件とかかわりがあるのではないかと気になっていた。

その平左衛門を、弥之吉が、さる武家屋敷に柏餅を届けた際に見かけたという。

「裏門の外の物陰で小者と話し込んでいた、というのですね」

「へい。小者のほうは柘植さまの息子ほどの年恰好《かっこう》で、と申しましても柘植さまとは似ても似つかぬ優男《やさおとこ》だそうにございます」

「柘植さまは弥之吉ちゃんに気づいたのですか」

「気づかなかったようで……」

結寿はほっと息をついた。

平左衛門はその風貌《ふうぼう》とは裏腹に気さくで人なつこい男だった。お婆さまの面倒もよくみていた。悪事に加担しているとは思いたくもなかったが、万にひとつ、ということもある。弥之吉に災難が降りかかっては一大事である。

「それで、柘植さまと話していた小者は、その武家屋敷のお人だったのですか」

「いえ、ちがいます。弥之吉が屋敷から出て来たときは、もう二人の姿はなかったそうですから……」

「それならなにも……」

驚くほどのことではないと、結寿は思った。失踪した平左衛門をこの界隈《かいわい》で見かけたというのはなにやら釈然としないが、お婆さまの話では平左衛門には知り合いがいたようだから、なにか事情があってその男のもとへ宿替えをしたとみれば一応の筋は通る。今となってはその事情というのが悪事でないことを祈るばかりだ。

「道でばったり出会って、立ち話をしていたのでしょう」
そう思えば別段ふしぎはない。
ところが、話はまだ終わりではなかった。
「弥之吉の話を聞きましたんで、あっしも気になりまして……」
百介は念のために武家屋敷へ行って訊《き》いてみた。ていの柏餅を所望するくらいだから
ゆすら庵とは長年のなじみ、出替《でが》わりの時季には奉公人の手配もしている。百介が訪ね
ても不審がられる心配はなかった。
「いや、驚いたのなんの……五平《ごへい》が、出ました」
えッと結寿は息を呑《の》む。
「百介ったら、幽霊じゃあるまいし、ちゃんとわかるように話してちょうだい」
「へい。つまり、五平と名乗る小者が何度かおみつという女中を訪ねて来たと申します。
小者ながら若くて色男、おみつの兄ということで、女中たちとは愛想よく話していたよ
うですが、門番の話では、どことなくすさんだ感じだったとか……。なにかで呼び止め
たとき、ぎろりと見返した目つきにぞっとしたそうにございます」
小者は見映えのする若者だという。おみつを言いくるめ、妹のふりをさせていたのか
もしれない。素性を怪しむ者がいたとしても請状を見せれば納得するはずだし、御先手
組与力の家に奉公しているならよもや嘘《うそ》を言うはずがないと、だれもが思い込んでいた

はずだ。

「でも、なんのために五平と偽って、おみつに会いに行ったのでしょう」

「むろん、屋敷内へ入り込むためにござんしょう」

「入り込む……」

「へい。屋敷内の様子を探り、これぞというものを物色して、盗み出そうというのです。他には考えられません」

「盗むッ」

「他人の名を騙《かた》り、厄介な手間暇かけるのですから……」

結寿は眉をひそめた。

「では百介、大火のときに妻木さまが捕り逃がしたという火事場泥棒というのも……」

「へい。そやつに相違ございやせん」

「でも……でもそれなら……柘植さまも泥棒の知り合いということに……」

「片割れと思ったほうがようございましょう」

結寿は茫然《ぼうぜん》としていた。五平の請状を持っていたという火事場泥棒の話を聞いたときも、平左衛門が姿をくらましたとわかったときも、おかしい、と思った。すでに疑いは芽生えていたのだ。が、いずれのときも、お婆さまと楽しげに語らう姿や、大火で焼け出された人々のために駆けまわる姿を思い出して、疑いを打ち消そうとした。

今となってはもう、打ち消すのは不可能だった。弥之吉は見ている、平左衛門が火事場泥棒らしき小者と話し込んでいるところを……。となれば、盗人の片割れだと思わざるを得ない。

「どうしたらよいのでしょう」

結寿は胸の前で両手をにぎり合わせた。

「このあたりの武家屋敷では、昨年からこっち、何件か盗難がございました。と申しましても、いずれも高価な一品が盗まれただけなので表沙汰《おもてざた》にしないお家がほとんどのようで、そんな噂《うわさ》が聞こえている、というだけのことにございます。ですが、もしや泥棒が捕らえられたとなりますと……」

「五平に化けていたことがわかってしまいます。小山田家も知らぬ顔はできませんね」

「へい。ちょいとばかし、厄介なことになりましょう」

百介の言うとおりだった。泥棒は五平の請状を持っている。五平に落ち度はないにしろ、請状を盗まれて半年も気づかずにいたわけで、ずさんな管理が非難を浴びるのはまちがいない。それればかりではなかった。泥棒の片割れを半年もそれと知らずに居候させていたとなると、小山田家は面目を失う。

「あァ、どうしたらよいのでしょう」

結寿は数日前、雑談をしたときの舅の顔を思い出していた。万右衛門はいつもとは様子がちがっていた。なにか心配事があるように見えたが、もしかしたら、界隈で頻発している盗難事件の噂を耳にしていて、失踪した平左衛門と結びつけ、不安に駆られていたのかもしれない。

「百介、早《はよ》うなんとかしなければ……。ねえ、わたくしはなにをしたらよいのですか」

「ご新造《しんぞ》さまはご懐妊中の大切なときにございます。無理をなさってお体に障りましてはそれこそ一大事。この一件は百介にお任せください」

そう言われても、ここまで聞いてしまった以上、任せきりにはできない。

「おまえに任せます。任せはしますが、経過がわからぬままではかえって体に障ります。おまえもわたくしの気性を知っているでしょう。どんなことでも包み隠さず知らせると約束なさい」

むろん、結寿の気性を知っていればこそ、百介も弥之吉の話を真っ先に結寿に知らせに来たのだろう。百介はうなずいた。

「わかっております。これからどうするか、あっしの考えを聞いていただきます」

結寿は身を乗り出す。

「なにか名案があるのですね」

「名案とまではいきませんが……話は簡単。こうなったら、小山田家がお上に先んじて泥棒一味を捕らえることです」

百介はもとより奇策をひねり出す名人である。結寿がけげんな顔をしていると説明を加えた。

「捕らえてしまえば、言い訳はなんとでもなりましょう。はじめから怪しいと思っていた。が、しっぽをつかむまで泳がせておいた。一味の正体がわかったので、これ以上は捨て置けぬ、今が好機とみて捕らえ、お上に突き出した……とまァ、そういうことでしたら、小山田家の手柄になりこそすれ、非難を浴びることはございますまい」

なるほどと結寿は感心した。けれど、そんなに上手くゆこうか。

舅と夫の顔を思い浮かべる。二人には御先手組与力とその見習いとしての役目があった。そうでなくても、捕り物とは無縁の二人である。泥棒を捕らえることなどできようか。半年を共に暮らした平左衛門はともかく、もう一人は顔すら知らない男である。

「御先手組与力とはいえ、小山田家は火盗改方を兼務してはおりませぬ。お舅さまにも旦那《だんな》さまにもそんなことができるとは思えませせぬ」

百介は百も承知とばかり、にやりと笑った。

「小山田家の皆さまを煩わせるつもりはございやせん。ま、新之助さまがお手伝いくださるというなら、それはもう大助かりにございますが……」

「だったらだれが……」

「お忘れになってもらっては困ります。溝口幸左衛門と言ったら泣く子も黙る火盗改方与力にございました。今は隠居してはおられますが、ここは旦那さまとあっしとで泥棒をお縄にしてみせます」

「お祖父《じい》さまはご承知なのですか」

「いえ、まだお話ししてはおりません。ですが旦那さまも、ご実家で迷惑顔をされるより、よほど働き甲斐《がい》があるというもので……へい」

結寿は思案顔になった。

「では、お祖父さまと百介が泥棒を捕らえ、それを小山田家の手柄にしてくださる、ということですね」

「へい。老いたとはいえ元火盗改方与力、大事な結寿お嬢さまの為とあらば、鬼のように働かれましょう。それに……こちらには、他にも強い味方がおられます」

「どなたですか」

「言わずと知れた、妻木道三郎《つまきみちさぶろう》さま」

「まァ、妻木さまもお力を貸してくださるのですか」

町方同心の道三郎が助太刀をしてくれるなら百人力である。それにしても、元火盗改方与力の幸左衛門と町方同心の道三郎が共に手を携えて泥棒を捕らえることになろうとは……。今でこそしこりは消えているが、そもそも二人は犬猿の仲だった。

百介は目くばせをした。

「実を申せば、この策を思いついたのは妻木さまでございます。弥之吉に五平を騙《かた》っていた小者の似顔絵を描かせまして、妻木さまに見ていただきました。弥之吉は宗仙《そうせん》先生に学問を教えてもらうついでに絵も習っているそうで……」

弓削田《ゆげた》宗仙は絵師で俳諧の師匠でもある。幸左衛門とは囲碁の腕を競い合う友でもあって、ゆすら庵にも出入りしている。

「弥之吉は絵の腕前もずいぶんと上達しております。妻木さまは、たしかに大火の最中に逃がした火事場泥棒にちがいない……と。切羽詰まっていたとはいえ、逃がしてしまったのは己のしくじり、なんとしても捕らえて結寿どののお役に立ちたいと仰せになられ、ご自分から助っ人を買って出られた次第にございます」

「まァ、妻木さまが……」

結寿の胸がぽっと熱くなった。祖父に百介、それに道三郎が力を合わせて、小山田家のために泥棒を捕らえてくれるというのだ。話はにわかに現実味をおびてきた。

けれどそうなると――。

「柘植さまは捕らわれて処罰を受ける、よもや、死罪にはなりますまいね」

「それは、盗みの程度にもよりましょうが……」

百介は言葉をにごしている。

一日も早く泥棒を捕らえ、事件を解決してほしい。そう願う心の片隅に、それを恐れる気持ちがある。

百介が帰ったあとも、結寿の憂いは晴れなかった。

三

柘植平左衛門が行方をくらましてから、お婆さまは笑顔を見せなくなった。なぜいなくなったのかと訊《たず》ねることもなく、寂しい悲しいと訴えることもない。が、眸《ひとみ》を輝かせて昔話に興じたり、好物に舌鼓を打ったりすることもなくなった。食欲は失せ、二六時中、うつろな目で庭を眺めている。

「また、ですか」

平左衛門の失踪がお婆さままで胡散《うさん》臭く見せるのか、結寿が離れへ行こうとすると、お浜は以前にもまして露骨にいやな顔をするようになった。

「お婆さまがどんなにお寂しいか。おまえには思いやりというものがないのですか」

結寿はそのたびに声を荒らげる。

お浜も負けてはいなかった。

「わたくしにも人並みの思いやりはございます。なれどお婆さまは、なにをしてさし上げても一瞬後にはお忘れになられます。笊《ざる》に水を入れるようなもの。それでは思いやるもやらぬも同じではございませんか」

「はじめから水を溜《た》めよう、などと思うからいけないのです。笊が潤うだけでよい、と思えば、惜しげもなく水をかけられる、思いやりをかけてあげられます」

けれど、そう言いながらも、他人を思いやることが必ずしも善とは言えないことに、結寿はもう気づいていた。

結寿自身は、いまだに平左衛門を憎みきれないところがあった。が、お婆さまのそばにいるときだけはやり場のない憤りを覚える。

悪党なら、なぜ悪党らしく、冷酷無慈悲な男でいてくれなかったのか。なぜ、お婆さまに、思いやりのこもった態度をとりつづけたのだろう。

せめてもの慰めは、お婆さまが耄碌《もうろく》していることだった。でなければ、縁者と信じている平左衛門が泥棒の一味だと知ったとき、どれほど悲嘆にくれるか。ましてや、その平左衛門を小山田家が捕縛したとなれば、さぞやいたたまれない思いをするにちがいない。

結寿はお婆さまが気の毒でならなかった。お浜になんと反対されようと、朝に夕にお婆さまのところへ行かずにはいられない。

お婆さまはたいがい、結寿がそこにいることさえ気づかぬようだった。それでもときおり、結寿の目をじっと見返すことがあった。それは、なにか言いたいことがあるのに思い出せない人のように、戸惑いに満ちたまなざしだった。

百介が泥棒の話をして帰ってから、十日ほど経った朝のことだ。

この日も結寿は、登城する舅と夫を見送ったあと、離れを訪れた。

お婆さまは猫を膝にのせて居眠りをしていた。早寝早起きのお婆さまは、未明に目覚めてしまうようで、朝餉《あさげ》のあと、またうつらうつらしていることが多い。

結寿はかたわらに座って、このところ一段と小さくなった老女の寝顔を眺めた。

お婆さまは平左衛門のことをどこまで覚えているのか。いったい今はどう思っているのか、できるなら訊《き》いてみたい……。

百介からはまだ、泥棒捕縛の知らせはなかった。百介が期待したとおり、新之助も喜び勇んで探索に加わっていたが、新之助からも吉報はない。結寿と顔を合わせるたびに、気まずそうに首を横に振るばかりだ。

つまり、進展はない。

結寿は新之助から探索の手順を聞かされていた。頼みの綱は、言うまでもなく、弥之吉が裏門の近くで平左衛門の姿を見たという武家屋敷である。百介が自信たっぷりだったのは、遠からずこの屋敷で盗難があると見越していたからだ。幸左衛門、百介、新之助、それに道三郎の四人は交替に武家屋敷を見張り、おみつという女中についても注視を怠らなかった。

ところが、平左衛門も五平を騙る男も現れない。

平左衛門が小山田家から姿をくらましたのは、五平の請状紛失がばれたと思い込み、身の危険を感じたせいだろう。とすれば、弥之吉が見たのは、平左衛門が五平を騙る男に危難が迫っていることを知らせているところだった、とも考えられる。

もしそうなら、くだんの武家屋敷へは近づかないはずだ。今後、五平の請状を人に見せることもないはずである。手がかりが失せたことになる。

新之助の話では、武家屋敷を見張っているだけでは埒《らち》が明かないので、探索の範囲を広げた、とのことだった。となれば、道三郎には本来の町方同心の仕事もあり、四人では手が足りない。幸左衛門の弟子が助っ人に加わったという。といっても、泥棒を捕縛するまでは事を公にできないから、むやみに助っ人を増やすわけにもいかない。

――足どりはいっこうにつかめませぬ。

新之助が悔しそうに顔をゆがめるのを見るたびに、結寿は複雑な気持ちになった。

泥棒は捕まって当然。平左衛門は小山田家の人々を騙《だま》し、お婆さまを悲しませた。処罰されて当たり前である。

その一方で、このままどこか遠くへ逃げ延びてほしいという思いも、正直なところ、なくはなかった。これ以上、事件がつづいて小山田家に災いが降りかかるのは困るが、今後、事件が起きなければ、うやむやのまま忘れ去られるのではないか。それならそれでよい。そうすれば平左衛門が捕縛されるところを見ないですむし、お婆さまを動揺させることもない。

この考えが卑怯《ひきょう》だということは承知していた。悪党を見逃せば、どこか遠方で悪事に泣く人が出るかもしれない。これまでお宝を奪われた武家も泣き寝入りになってしまう。小山田家だけが安泰ならよいと思うのは後ろめたい。

それでも、事なかれと願わずにはいられなかった。

「わたくしはまちがっていますね」

結寿は思わずお婆さまの寝顔に話しかけていた。

猫が片耳をぴくりと動かしただけで、お婆さまは目を開けない。

結寿は庭に視線をさまよわせた。

「ほんとうに、柘植さまは何者だったのでしょう。お婆さま。平左どのはいったいどこへいらしたのでしょうね」

するとふいに、お婆さまの声が聞こえた。

「戻って来ますよ」

結寿ははじかれたようにお婆さまを見た。

お婆さまはぱっちりと目を開けて、庭の一点を見つめている。

「今、なんと……」

「戻って来ますよ。平左どのなら、近々戻ってみえますよ」

前世からの決まり事ででもあるかのように、お婆さまの口調はゆるぎない。

「でも、どうして……。お婆さま。どうして戻って来るとわかるのですか」

「それはね……」と、お婆さまは何日かぶりに笑顔を見せた。「それはアナタ、お宝があるからです」

「お宝……」

「ええ。お宝を置いてゆくはずがありません」

結寿は首をかしげた。

「お婆さまは前にもお宝とおっしゃいましたね。けれど、平左どのが使っていた座敷にはなにもありませんでしたよ。お宝はどこにあるのですか」

お婆さまは心底、愉《たの》しそうにころころと笑った。

「庭に、決まっています」

「庭ッ」

「お仲間が運び込んだお宝を、平左どのが夜中に埋めるのですよ。それはそれは見事な花器やら茶器やら香壺《こうご》やら……」

結寿はあッと声をもらした。あれはたしか正月だった。お婆さまは平左衛門が美しい花器を持っていると言い張った。平左衛門はお婆さまの勘ちがいだと否定したが、それではあれも、お婆さまの言ったことが正しかったのか。

　お婆さまは、平左衛門のところに男が訪ねて来るとも言っていた。いつだったか、新之助とまちがえたことがあったから、それは若い男だろう。もしや、弥之吉が見たという五平を騙る小者か。

　そう。お婆さまは、事あるたびに、大事な手がかりを教えてくれていたのだ。耄碌しかかった老女の言葉にだれ一人、耳を貸さなかっただけで。

　結寿は今になって、平左衛門がなぜ小山田家にころがり込んだのか、合点がいった。耄碌した老女なら、好き勝手に縁者を装える。なにを見聞きされても昔の夢ですませてしまえる。しかもここは、御先手組与力の家だった。武家屋敷から逸品を盗み出した泥棒が、まさか武家の、それも実直で通る御先手組与力の家の庭に盗品を隠しているとは、だれも思うまい。

「お婆さま。平左どのにお宝を持ってきた若者ですが、平左どのはなんと呼んでいたのですか。奉公先とか、住まいとか……なにか、覚えてはおられませぬか」

　結寿は思わず膝を乗り出していた。

　五平を騙る男の素性がわかれば、探し出す手がかりになる。二人を見つけ、庭に埋められているお宝を掘り出して持ち主に返せば――他に余罪がなかった場合だが――穏便に事を収めることもできるかもしれない。

「お婆さま。教えてください。どんな小さなことでもよいのです」

お婆さまは首を横に振った。愉しげな顔は変わらないが、関心はもう他のところに移っているようで、その目は庭の百日紅《さるすべり》の花のまわりを飛び交う蝶を追いかけている。けれど、ここで、あきらめるわけにはいかなかった。

「お婆さま。ねえお婆さま、思い出してくださいな。平左どののお仲間のこと」

お婆さまは驚いたように結寿を見た。

「どの、お仲間ですって」

「平左どのを訪ねて来た……ほら、お宝を運んできたお人がいたでしょう……」

「おや、トヨワカのことですか」

「トヨワカ……」

「ホホホ、よほど弱みがあるのでしょうねえ。若造にへこへこするなんて、ねえ。そういや、昔もおりましたよ、他人さまの女房を盗んで逃げて来たお人が……。あんまし苦労をさせたんで女房は死んじまったんだけど、置いてきた我が子を最期まで案じていてね。遺《のこ》された男のほうは、あれはなんでしょうねえ、継子《まま こ》に銭をせびられせびられ……」

お婆さまの昔話は次第に横道へそれて、延々とつづく。

とはいえ、お婆さまが笑顔を見せたり、おしゃべりに興じたりするのは、平左衛門が行方をくらまして以来はじめてだった。よい兆候である。気持ちよくおしゃべりをさせてやろうと黙って耳を傾けていると、お婆さまはそのうちにまた居眠りをはじめた。

結寿は、考え込んでいた。

トヨワカとはだれか——。

血のつながりはともかく、平左衛門とトヨワカはごく親しい間柄らしい。弱みをにぎられているかどうかはわからないが、平左衛門が息子のような年齢のトヨワカに翻弄《ほんろう》されているのも事実だろう。盗品を持ち込まれ、預かってくれと頼まれて、お上に訴えることもできず、ずるずると言いなりになっている……というのが真相かもしれない。だとしても、平左衛門の罪が消えてなくなるわけではなかった。

結寿は庭を見渡した。

以前、お婆さまと話していたとき、藪陰《やぶかげ》から平左衛門が出て来てびっくりしたことがあった。あれは、お宝を埋めた場所に落ち葉でもかけていたのかもしれない。

今はもう、お婆さまの言葉を疑うつもりはなかった。

では、どうしたらよいのか。

平左衛門は必ず戻って来ると、お婆さまは信じている。お宝を棄《す》てて逃げるはずがないと……。それなら待ち伏せすればよい。

「お婆さまのおかげで道が見えてきました」

老女の寝顔に礼を述べて、腰を上げた。一刻も早く知らせたい。家にいますようにと祈りながら、結寿は新之助のもとへ急いだ。

四

平左衛門とトヨワカなる男が庭に埋めたお宝を掘り起こしに来るとすれば、それは夜中にちがいない。幸左衛門、百介、新之助、道三郎、それに捕り方の弟子たちは、毎夜、二人ひと組になって小山田家を見張ることになった。怪しい人影を見つけたら、一人が助っ人を呼びに走る。

二人を捕らえるのは、掘り起こしたお宝を持って逃亡する間際が望ましい、それなら言い逃れをされずにすむし、お宝を探す手間も省ける。

その日から結寿の眠りは浅くなった。夜中に何度となく目覚めては、物音がしないか、耳を澄ませる。

眠れぬままに、妻木道三郎を想う夜もあった。今、すぐそこの門の外にうずくまっているかもしれない。かつて心を通わせた女が眠っている住まいを見張るのだ、道三郎はなにを思っているのだろう。

道三郎の妻女は大火で大火傷《やけど》を負った。命に別状はないと聞くが、結寿はその先のことを知らない。町方同心はそれでなくても激務なのに、妻女の看病まであるとなれば、夜を徹しての見張りはさぞ負担が大きいはずである。

道三郎さま、申しわけありませぬ――。

隣には夫が寝ている。自分は夫のややこを懐妊している。それでも結寿は、道三郎を想うことがわるいことだとは思えなかった。道三郎は今、結寿のためだけでなく、小山田家のためにも働いてくれているからだ。

その夜も眠れなかった。道三郎を想い、平左衛門を想い、お婆さまを想う。白々明けまで半刻（約一時間）ほどか、闇は闇でも塗り込めたような漆黒《しっこく》の闇とちがって、夜明けの気配を感じさせる闇である。

離れの方角で、かすかな物音がした。

結寿ははっと身を起こした。

猫か。風か。いつもなら聞き流していたはずだ。が、今はそうはいかない。隣の夫を起こさぬよう、素早く寝床を出た。こんなときのために枕元に単衣を置いている。寝間着の帷子《かたびら》の上からはおって、手早く帯をしめた。

足音を忍ばせて離れへ急ぐ。廊下を渡ったところで聞き耳を立てた。男の話し声がする。小声だが、威嚇《いかく》するような響きがあった。

結寿はきびすを返して廊下を戻る。勝手口から裏庭へ出た。離れの裏手をぐるりとまわって庭が見える位置まで行き、木立の陰にしゃがみ込んで様子をうかがう。どこから侵入したにせよ、トヨワカはこれまでもお宝を運び込んでいた。門番も家人も気づかなかった。

けれどこたびは、見張りが見ていたはずだ。今この瞬間も、庭のどこかで息をひそめている。もう一人の見張りは助っ人を呼びに走っているにちがいない。それとも助っ人はもう、こちらへ向かっているころか。

藪陰で火影がゆれていた。大柄な男の体が見え隠れしている。やはり平左衛門のようだ。万能《まんのう》を手にしているのは、お宝を掘り出しているのだろう。

いったん止《や》んでいた声がまた聞こえた。

声の主は平左衛門ではない。別のところから聞こえる。声のするほうへ目をやって、結寿は凍りついた。もれそうになった叫びをかろうじて呑み込む。

濡れ縁に人がいた。お婆さまの座敷の片隅に置かれている行灯《あんどん》の明かりでは十分に届かない。それでも、人が二人だということはわかった。若い男が片手で老女の口をふさぎ、もう一方の手に持った匕首《あいくち》を老女の首に突きつけている。

あァ、お婆さま――。

お婆さまは早起きだから、きっと目覚めていたのだろう。それで人質にとられた。いや、はじめから人質をとるつもりだったのか。

「おい、まだか。早うしろ」

トヨワカと思われる男が言った。

「そう簡単にはいかぬわ。おぬしも手伝え。さすれば仕事がはかどる」

平左衛門が言い返した。二人ともひそひそ声である。

「人質がいる」

「お婆さまは騒いだりはせぬわ。心配なら猿轡《さるぐつわ》でもはめておけ」

「いや、見つかったとき、人質がいたほうがいい」

「とにかく手荒なまねはするなよ」

お婆さまを楯《たて》にされれば、捕り手は手を出せない。かねてからの作戦だろう。

平左衛門はそれ以上、逆らうのをやめ、地中からお宝を掘り出す作業に没頭した。

今のやりとりからすると、二人は身内のようだ。トヨワカのほうが平左衛門より強い立場にあるらしい。

結寿は、百介の話を思い出していた。

大火の最中に道三郎はトヨワカを捕らえた。火事場泥棒をしていたというが、道三郎はひと目で、若者が出来心の泥棒ではなく、盗みを重ねている悪党だと気づいたという。すさんだ目、不敵な笑い、冷酷な物言い……道三郎は若者のなにを見たのか。

暗いのでトヨワカの表情まではわからなかった。お婆さまの顔も見えない。お婆さまが怯《おび》えているのではないかと思うと、結寿は居ても立ってもいられなかった。飛び出して行って、お婆さまを助けたい……。

むろん、そんなことはしなかった。祖父や百介、道三郎のこれまでの忍耐が水の泡になる。

手を握りしめ、息をひそめて、結寿は平左衛門の作業を見守った。

「終わったぞ」

しばらくして、平左衛門が万能を放り出した。

「箱に詰めろ」

「詰めた。おぬしは定斎屋《じょうさいや》、おれは艾売《もぐさう》りだ。頬被《かぶ》りでごまかせよう」

東の空がかすかに白みはじめようかという時刻になっている。振売りは薄暗いうちから行商をはじめるので、大荷物を担いでいても怪しまれる心配はない。

トヨワカはお婆さまを抱きかかえて庭へ下りて来た。お婆さまは当て身でも食らわされたのか、ぐったりしている。

結寿は足音を忍ばせて、藪陰の二人が見える場所へ移動した。

「よし、ずらかるぞ」

言ったものの、トヨワカはお婆さまを放さない。穴を見て思案しているようだ。

「埋め戻しておくか。いや、それより……」

トヨワカはそこで言葉を中断した。不気味な沈黙が流れる。

結寿はあたりを見まわした。見張りはどこにいるのか。いつでも飛び出せるように身がまえていようか。不安になったのは、恐ろしいことが起こりそうな予感がしたからだ。

結寿の不安に呼応するかのように、平左衛門が声をふるわせた。

「なにを考えておる？　まさか……お婆さまなら害にはならぬ。耄碌しておるのだ。さ、早う行こう」

「待て。そうはいかぬ。耄碌していようがいまいが、顔を見られた以上、生かしてはおけぬ」

「馬鹿なッ。それでは話がちがう」

「その場その場で考えは変わるのサ。ちょうど穴もある」

結寿の背筋に悪寒《おかん》が走った。と同時に、烈《はげ》しい怒りがこみ上げた。お婆さまを手にかけるなど断じて許せない。

平左衛門も動転しているようだった。

「かすり傷ひとつ、つけてみろ。許さぬぞッ」

「伯父貴はいつもこれだ。だからなにをやってもしくじるのさ。生き延びたきゃ、念には念を入れておくものだ」

「わッ、よせッ。やめろッ」

刃が光った。トヨワカが匕首を振り上げたのだ。平左衛門が叫んだそのとき、いくつもの出来事が同時に起こった。

幸左衛門が茂みから飛び出した。トヨワカに跳びかかろうとする。一方、平左衛門はお婆さまに体当たりをしてトヨワカから引き離した。が、運わるく、お婆さまの体がすっ飛んで幸左衛門にぶつかった。お婆さまめがけて振り下ろされたトヨワカの匕首は、代わりに平左衛門の首に突き刺さる。

呻《うめ》き声がした。息を呑む気配がした。どさりと音がした。駆けて来る足音がした。旦那さまッと叫ぶ百介の声がした。神妙にせよと威嚇する声、しっかりしろと励ます声につづいて、いくつもの声がざわめく波のように重なり合う。

結寿も無意識に駆け出そうとしていたらしい。後ろから抱き留められた。

「旦那さま……」

「身重のくせに、困ったやつだ」

抱き留めたのは万之助だった。

「もう終わった。お前が出て行くことはない。いや、行ってはならぬ」

「でも、お婆さまが……」

「お婆さまなら大事ない。白い頭が見えておる」

ここで待っていなさいと言い置いて、万之助はざわめきのほうへ歩いてゆく。結寿はまだ茫然としていた。

どれくらい経ったか、戻って来た万之助は顔をゆがめていた。

「悪党はお縄になった。若い男だ。見たことはないが……お婆さまは顔を知っているらしい」

「平左どのは……」

「もはや……事切れておる」

結寿は絶句した。

「どうして平左どのが……」

「お婆さまの身代わりになった。本来ならご隠居が一瞬早く悪党を取り押さえ、平左衛門も助かったやもしれぬ。が、ご隠居はお婆さまに行く手をはばまれた。むろん、お婆さまの意思ではないが……」

「他の者はどこにいたのですか」

「表へ出て来たところを捕らえるはずだった。町方はなかへは入れぬ。どのみち大勢で入れば感づかれる心配があった」

「それでお祖父さまがお一人で……」

「だれも、泥棒がお婆さまに危害を加えるとは思わなんだのだ。お婆さまはあのとおり……これまでも二人を見知っていたわけだし……」

トヨワカがお婆さまの口を封じようとしたのは、平左衛門ばかりでなく、捕り方の誤算でもあった。幸左衛門もさぞや仰天したはずだ。

母屋へ戻っていなさいと言われて、結寿はもう一度、お婆さまの姿を探した。お婆さまは百介と駆けつけた門番に抱えられて離れへ上がるところだった。今はもう人の顔が見分けられる明るさになっていたが、お婆さまの顔は人形のように無表情で、たった今、自分の身に起こったことを理解しているようには見えなかった。

「お婆さまのことなら案ずるな。なにもわかってはおられぬ。しばらくそっとしておいてやりなさい。おまえもひと眠りして、落ち着いてから会いに行けばよい」

「こんなときに、眠れませぬ」

「眠れるとも。おまえはこのところ、毎晩、熟睡できずにいたのだから」

「旦那さまは……ご存知だったのですね」

「知らいでか。それゆえ板塀の修理もしなかった。あやつが戻って来るような気がしての」

ただし万之助は、お宝のことは知らなかったという。

平左衛門は死に、トヨワカはお縄になった。お宝も取り戻した。一件落着である。そうはいっても、半年も盗人を居候させ、知らぬこととはいえ庭に他家の宝を隠していた小山田家が、これで厄介な問題を抱え込んだことはまちがいない。

よく見れば、万之助も疲れきった顔をしていた。これ以上、心配事を増やすのは酷だろう。

「それではあとのこと、よろしゅうお頼み申します」

結寿はその場を離れた。

事件の前まではあれほど気にかけていたのに、今はもう、道三郎のことを考える余力はなかった。祖父や百介と話をする気力も失せている。

人は、あまりに恐ろしい出来事に遭遇すると、思考も働かず、感情も無くしてしまうものらしい……。

万之助が言ったとおりだった。床へ戻るや、結寿は夢のない眠りに落ちた。

五

事件の翌日、百介が経緯《いきさつ》を知らせにきた。

といっても、武家の屋敷内で泥棒同士の刃傷沙汰《にんじょうざた》が起こってしまったことと、その下手人が元旗本の庶子であったことから、事件は御目付の手に託された。町方同心の道三郎も、元火盗改方与力とはいえ隠居の幸左衛門も、ましてや百介も、取り調べの詳細を知ることはできない。内々に済ませるはずが、とんだ当て外れだ。

そう。トヨワカは元旗本の子息だった。

名は豊四郎《とよしろう》、平左衛門がトヨワカと呼んでいたのは豊若、つまり「豊四郎の若殿」を縮めたものだ。年齢は二十五。平左衛門の甥《おい》で、結寿が看破したように、二人は主従でもあった。

平左衛門にははじめから胡散臭いところがあった。結寿は初対面で怪しいと感じた。それでも同じ屋根の下で暮らしているうちに親しみを覚えるようになった。豪快な人柄で、面白い話をして人を笑わせたり、細やかな気配りで人の心をつかんだり……情深く愛嬌《あいきよう》があるので、最初は眉をひそめていた小山田家の家人も皆、煙《けむ》に巻かれてしまった。

あの柘植さまが、もうこの世にいないなんて――。

結寿はいまだ信じがたい思いである。泥棒の片割れだとわかっているのに、身内を失ったように悲しいのはなぜだろう。

平左衛門には、たしかに、同情すべきところがあった。

お婆さまとは縁もゆかりもない。縁者というのはやはり出まかせだった。妹が旗本に見初《みそ》められて豊四郎を産んだので、その伝《つて》で旗本家の郎党に名をつらねてはいたものの、出自は郷士の次男坊である。

旗本家は奢侈遊蕩《しゃしゆうとう》が咎《とが》められて改易になった。旗本につづいて妹が死去したのちは、平左衛門が豊四郎の後見をすることになった。が、落ちぶれる一方で、豊四郎もわるい仲間に引き込まれて手がつけられなくなった。

だれもが見放したが、平左衛門は見放さなかった。というより、見放せなかった。主君と妹から託された甥である。

甘やかされて育った若者は、平左衛門が日傭取《ひようとり》で稼いだ銭まで右から左へ使ってしまう。とうとう盗みまで働くようになった。

――どうせお宝は山とあるんだ。その中から一品、拝借するだけだ。

豊四郎に罪の意識はない。高価な品が失せても、一品なら、盗賊ではなく家中の者の仕業だと思うはずで、なにより家名を大切にする武家はお上に訴え出たりしない。そこが狙《ねら》い目である。

武家育ちの豊四郎は、屋敷のどこになにがあるか、いとも容易《たやす》く探りだした。逸品を見分ける目も肥えていたから、うってつけの生業《なりわい》だった。

預かってくれと盗品を持ち込まれ、平左衛門もはじめは叱りつけていたらしい。が、番所へ突きだすわけにもいかず、二度が三度、三度が四度になるうちに、いつしかずるずると引き込まれてしまったようだ。身内のいない平左衛門には、どうしようもない悪党ではあっても、伯父貴、伯父貴と頼ってくれる甥っ子が心底、可愛《かわい》かったのだろう。

それなのに、豊四郎に翻弄されていた平左衛門が、最後の最後だけは甥っ子の言うなりにならなかった。

「お婆さまの命を奪うことだけは、どうあってもできなかったのですね」

「いっしょに暮らしているうちに、まことの身内のような気になっていたのでしょう」

結寿と百介は目を合わせ、ため息をつく。

「それで、お婆さまはいかがしておられますか」

百介は案じ顔で訊ねた。人質にとられ、殺されかけた。平左衛門が絶命する場面を目《ま》の当たりにした。わずかに残っていたお婆さまの気力が萎《な》え、寝たきりになってしまってもふしぎはない。

結寿は百介に両手拝みをしてみせた。

「実はそのことで、おまえに頼みがあるのです」


梅雨の晴れ間の一日。

結寿は廊下を渡ったところで振り返り、真面目くさった顔でうなずいた。

襖の隙間から線香の匂いが流れている。

襖の向こうは柘植平左衛門が使っていた小座敷で、今は空き部屋。ひかえの間をはさんで、その隣がお婆さまの部屋である。

結寿は廊下に膝をつき、襖に両手をかけて「失礼いたします」と声をかけた。襖を開ける。

掃き清められた小座敷の床の間に、紫陽花《あじさい》を生けた花瓶が置かれていた。その前に文机が引き寄せられ、上には線香立て。線香が一本、白煙をくゆらせている。

お婆さまは合掌を解いて、うれしそうに頰を染めた。

「これはこれは……遠路はるばる、ご苦労さまにございます。これだけ歳月が経ちますとねえ、線香を上げてくださるお人もめったにおりません。まことに、まことに、ありがとう存じます」

体の向きを変えて、結寿に辞儀をする。

「さ、さ、どうぞお入りください」

言ったところで目を瞬《しばた》いた。結寿の後ろに老若男女が居並んでいる。

お婆さまは狼狽《ろうばい》しつつも笑顔に戻って、文机のかたわらへ移動した。それでなければ、客が座敷に入りきれないからだ。

「へい。おじゃま申します」

真っ先に入って来たのは百介である。百介はお婆さまに丁重に挨拶をすると、次なる老人を引き合わせた。

「こちらは絵師の宗仙先生にございます」

弓削田宗仙は目を泳がせ、ごほんと咳払いをした。

「えー、このたびはご愁傷さまで……」

「先生。葬式ってェわけじゃありやせん」

百介に肘《ひじ》で脇腹をつつかれて、宗仙は目を白黒させた。

「あ、え？　ではえー、えーと、本日はお招きに与《あずか》り……」

「招かれちゃいねえや」

後ろのほうから声がした。腕白坊主の小源太である。

宗仙はますます困惑顔になった。けんめいに挨拶をつづけようとしたが、その前にていが宗仙を押し退け、お婆さまの前へ進み出た。

「どなたさまでもようござんしょ。ねえ、お婆さま。ほんに月日の経つのは早《はよ》うございます。お亡くなりになられて、もうこんなに月日が経つのですものねえ」

「ええ、ええ、そうなのですよ。わたくしばかりが生き延びて……」

「生き延びたればこそ、こうしてご供養ができるのです。さ、わたくしたちもお参りをさせていただきましょう。ほらほら、宗仙先生……」

ていにうながされて、宗仙は線香を上げる。

その間にも、次々に客が入って来た。弥之吉、もと、小源太のゆすら庵の子供たち、幸左衛門の捕り方の弟子のなかでも暇をもてあましている下っ引が数人、ゆすら庵の近所の、これも暇だけは山ほどある老人が二、三人。

「なァ、姉ちゃん。いったいだれの供養してんのサ」

小源太が結寿の隣に這って来て訊ねた。

「それがね、わからぬのです」

結寿は真顔で答える。実際、わからない。はじめは平左衛門の供養かと思ったが、そうでもないらしい。亡夫の供養のようでもあり、早世した子供たちの供養のようでもあり、今は亡き友人、隣人、家人……お婆さまの話は一瞬ごとにくるくる変わる。

お婆さまは、自分を遺《のこ》して死んでしまった人々、みんなの死を悼み、供養をしようとしているのではないか。

「わからなきゃ、供養なんかできねえや」

「できますよ。いいこと、小源太どの。お祖父さんでもお祖母《ばあ》さんでも、自分が死んでしまって寂しいなァ、と思うお人のために合掌すればいいのです」

「ふうん。なら、犬のゴン太でもいい？」

「いいですとも」

小源太は意気揚々と線香を上げ、合掌をした。

お婆さまに大人と子供の区別はない。小源太にも長々と供養の礼を述べている。その顔は平穏で、満ち足りているように見えた。

平左衛門がもしここにいたら、お婆さまの笑顔を見て目を細めたにちがいない。

全員が線香を上げるのを待って、結寿も文机の前へ進み出る。今やむせかえるほどになった線香の匂いの中で、結寿は、平左衛門の後生を願った。

小山田家の長い一日

一

小山田《おやまだ》家では、離れに住むお婆さまを除く家族全員がそろって朝餉《あさげ》の席につく。これは、同じ御先手組《おさきてぐみ》与力でも火盗改《かとうあらため》方《かた》与力を兼務している結寿《ゆず》の実家ではめったにないことだった。溝口《みぞぐち》家は人の出入りがはげしく、当主は常に多忙で、家族団らんなど二の次三の次である。

嫁いだばかりの頃、結寿は小山田家の慣習に共感しながらも、一方で気づまりを感じていた。伏し目がちのまま、箸《はし》の上げ下ろしを気づかって食べていたものだ。

今はもう、気づまりはない。

「お舅《とう》さま。お代わりはいかがにございますか」

「いや、けっこう」

「このところ食が進まれませんね」

「さようなことはないが……」

「お姑《かあ》さまお手ずからつくられた香の物、美味《おい》しゅうございますよ。新之助《しんのすけ》どのはいかがですか」

「いただきます」

「お浜《はま》、新之助どのに御膳を」

お浜は結寿が嫁いだ際、実家からついて来た女中である。

「人の世話ばかりやいていないで、そなたも食え」

「さようですよ。結寿どのこそ、ややこのぶんも、たんとお食べなされ」

夫の万之助《まんのすけ》と姑《しゅうとめ》の久枝《ひさえ》から口々に言われて、結寿は笑顔でうなずいた。小山田家の家族の温かさが、今は心底ありがたい。懐妊したおかげで、自分がまぎれもない小山田家の一員だと思えるのはなによりの幸せだった。

結寿は箸を取り上げる。と、そのとき、舅《しゅうと》の万右衛門《まんえもん》が自分をじっと見ているのに気づいた。結寿に見返されるや当惑したように目を瞬《しばたた》き、とりつくろうつもりか、あわてて箸を口に運ぶ。同時に「初冬か……」とつぶやいた。

結寿の出産は初冬の予定で、万右衛門がそのことを言ったのはまちがいない。だれも——結寿以外は——気に留めなかった。

結寿はかすかな違和感を覚えた。舅の口調に、期待や満足ではなく、むしろ寂しげな響きがまじっていたように思えたからだ。

結寿の腹の子は小山田家の嫡男《ちゃくなん》の初子、万右衛門にとっては初孫である。万右衛門も手放しで喜んでいたはずではないか。

朝餉をとりながら、結寿はさりげなく舅を観察した。

箸は動かしているものの、ほとんど食べていない。今朝にかぎったことではなかったが、食欲がないようだ。といって、病にも見えなかった。なにか心にかかることがあるのだろうか。

結寿には思い当たることがあった。ひと月ほど前になるが、小山田家は大事件に巻き込まれている。

昨秋来、お婆さまの遠縁だという柘植平左衛門《つげへいざえもん》なる男が居候となって、離れに住みついていた。あろうことか、平左衛門は盗賊の片棒を担いでいた。やむをえない事情があったにせよ、賊が近隣の武家屋敷から盗んできたお宝を庭の一隅に埋めて隠すという、とんでもない悪事をつづけていたのだ。事件が発覚して捕り物となり、賊はお縄になった。どさくさの最中に平左衛門が命を落とす予想外の出来事はあったものの、お宝は所有者のもとへ返され、事件は落着している。

だが、それですべてが元に戻ったかといえば、そうではなかった。騙《だま》されたとはいえ、盗人を半年も屋敷内へ住まわせていた。しかも、心ならずも、盗品の隠し場所を提供してしまった。知らなかったではすまされない。武家にあるまじき失態と誹《そし》られてもいたしかたなかった。

――どうなるのでしょう。もしや、お舅さまにお咎《とが》めがふりかかることは……。

結寿は心配していたが、夫からは取り越し苦労をするなと叱《しか》られた。

――我が家こそ被害におうたのだ。そのことは御組頭《おくみがしら》とて承知しておられる。

それでも万右衛門は、こたびの事件を機に隠居願いを提出した。今春の大火さえなければもっと早く隠居するつもりだったと言われれば、異を唱えるわけにもいかない。

――父上は隠居されることで非難をかわそうとしておられるのだ。

――兄上に火の粉《こ》がふりかからぬよう、それればかりを願《ねご》うておられるのでしょう。

万之助と新之助、兄弟の会話を、結寿は耳にしている。

やはり万右衛門は、事件のこともあり、万之助の家督相続がとどこおりなく許されるかどうか、そのことが気にかかっているにちがいない。小山田家の当主なら当然である。

「お終《しま》いにございますか。それでは白湯《さゆ》をどうぞ。お姑さまも……」

「結寿どのはもうすっかり小山田の家刀自《いえとじ》ですねえ」

姑が笑みを浮かべれば舅も目を細める。

「我らが役目は終わったの」

結寿は頬《ほお》を染めた。

「めっそうもございませぬ。わたくしはいまだ未熟者にて……。申しわけありませぬ。差し出たまねをいたしました」

「なにも、さようなことは言うておりませんよ。たのもしゅうなった、と言うたのです。ねえ……」

「いかにも。万之助はよき嫁御がおるゆえ安心だ。あとは新之助か」

「おやめください、矛先をこちらへ向けるのは」

新之助の抗議に笑いが起こり、座は和んだ。朝餉が終わると、万右衛門と万之助は各々の座敷へ戻って登城の仕度をはじめる。

結寿は、万之助が袴《はかま》を穿《は》き、裃《かみしも》をつけるのを手伝った。

「お舅さまは今朝もあまりお元気がないようにお見受けいたしました」

気がかりを口にすると、万之助は手を止め、妻の目を見返した。

「母がお百度を踏んでおられたこと、そなたは気づいておったか」

結寿は目をみはった。

「まことにございますか。お姑さまがお百度を……」

武家の妻女が夜歩きをするわけにもいかないので、お百度といっても庭の片隅に祀《まつ》った祠《ほこら》に詣《もう》でるだけのことだが、万之助によると姑は毎夜、祈願していたという。

「おそらく本日はお沙汰があろう」

「まァ、わたくしはちっとも……」

「心配させて腹の子に障りがあっては一大事。父も母も、このおれもだが、そなたには言わなんだのだ」

「……さようにございましたか」

「なにごともなく家督相続が許されればよし。たとえ意に染まぬ沙汰をうけても、おれは命じられたまま粛々と従うつもりだ。そなたも、動じてはならぬ」

「はい。仰せのとおりにいたします」

神妙に応えたものの、結寿の声はふるえていた。まさか、家督相続が許されぬ……などということがあろうか。これまで想像したこともない。

「先だっての、盗賊の一件、にございますね。お咎めがあるやもしれぬ、と……」

「我らにも落ち度がある。人を見る目がなかったではすまされまい。盗品の隠し場所にしても、知らなんだとは不注意千万、言い訳すらできぬ」

「このひと月、何事もありませんでした。わたくしは終わったものとばかり……」

「お調べには時がかかる。その間、謹慎を命じられなんだだけでも運がよいと思わねばならぬ」

事態はそこまで切迫していたのかと結寿は驚いた。お婆さまの心が傷ついたのではないかと案じたり、亡き平左衛門の冥福《めいふく》を祈ったり……事件を思い出すたびに胸をしめつけられた。が、事件そのものはもう終わったこと、小山田家によもや災いが及ぶなど考えもしなかった。

にわかに不安がこみ上げる。と同時に、小山田家の一員になれた、家族にとけ込めた、とたった今、喜んだばかりの心に水を差されたような気がした。

「わたくしにもお話しいただきとうございました。なにもできぬやもしれませぬが、それでも、お姑さまとごいっしょにお百度を踏むくらいはしとうございましたのに」

「そう言うと思うたゆえ、言わなんだのだ」

万之助は結寿の肩に手を置いた。

「生まれてくる子は当家の宝だ。なにがあろうと、いや、なんぞ事あらばなおのこと、家族の慰めにも、支えにも、希望にもなる。そなたの役目は丈夫なややこを産むことだ」

万之助の言うとおりだ。自分には自分の役目がある。結寿は僻《ひが》み心を恥じ、一瞬でも小山田家の人々に怨《うら》みがましい気持ちを抱いたことを悔やんだ。

それにしても――。

そんなにも期待されているややこなのに、朝餉の席で「初冬か……」とつぶやいたとき、万右衛門はなぜ寂しそうな顔をしたのだろう。

「行って参る」

て大小を手渡す。

「はい……」

結寿は大小の刀を袖包みに掲げ、万之助のあとについて玄関へ出た。式台に膝《ひざ》をつい

玄関では万右衛門が、挟み箱を担いだ小者《こもの》を従えて待っていた。

「行ってらっしゃいまし」

結寿は姑と並んで三つ指をつき、舅と夫を送り出した。

「お姑さま、わたくし……」

「お沙汰のことなれば、心安らかに待ちましょう。わたくしどもは小山田家の女子《おなご》、何事にも動じてはなりませぬ」

「……はい」

縫い物をしようと誘われて、結寿は姑といっしょに居間へ戻って行く。

一日は、まだはじまったばかりだった。

二

昼の四つ半（午前十一時頃）に狸穴《まみあな》町から百介《ももすけ》がやって来た。結寿の祖父の幸左衛門《こうざえもん》は、狸穴町の借家で小者の百介と暮らしている。小山田家へ嫁ぐまでは、結寿も同居し

て、祖父の世話をしていた。

剛腕の火盗改方与力としてその名を知られた幸左衛門は、隠居後、捕り方指南をしている。いまだに現役時代の癖が抜けず、騒ぎがあるたびに飛び出して行くのはよいとして、無理が祟《たた》ってしばしば腰痛に悩まされていた。

幸左衛門の容態を知らせる——というのが、百介の表向きの口上である。が、実際は結寿の様子を見に来たのだった。口には出さぬものの、掌中の宝である孫娘の懐妊がわかってからというもの、幸左衛門は期待と不安で落ち着かない日々を送っているようだ。

「お顔の色もようございますし、これなら旦那《だんな》さまもご安心なさいましょう」

「そんなに毎日たしかめなくても……心配には及びませんよ」

「ま、そうなんですがね。旦那さまが顔を見て来いと、やいのやいの仰せになられますんで」

百介だったり大家の子供たちだったり、近所とはいえ毎日のようにだれかしらが様子を見に来るのは、いくらなんでも心配のし過ぎだろう。

二人は毎度のごとく、結寿と万之助夫婦の座敷にいた。藤棚の花はもう終わったが、庭のそここに紫陽花《あじさい》や百日紅《さるすべり》、立葵など色とりどりの花が咲き乱れている。

「お婆さまもその後、お変わりなく……」

「ええ。おだやかにお過ごしです」

百介はのんびり世間話をするつもりでいるようだった。古参の女中は新米の女中を連れて買い物に出たばかり、百介が大の苦手なお浜は竜土町《りゆうど》の結寿の実家へ出かけている。新之助も私塾へ通っているから、二人の他には姑とお婆さま、それに老僕がいるだけだ。長居をしても気兼ねはいらない。

「彦太郎《ひこたろう》どのはどうしていますか」

今度は結寿が訊《たず》ねた。彦太郎は、かつて結寿が思いを寄せていた町方同心、妻木道三郎《つまきみちさぶろう》の嫡男で、ときおり幸左衛門のもとへ指南を請いに来ている。結寿が彦太郎の名を出したのは道三郎の消息を知りたいからだと、百介は承知していた。

「ここしばらくはいらしておりませんが、勉学に励んでおられるのでしょう。妻木さまも相変わらず飛びまわっておられるようで……。そうそう、お嬢さま……ではなくてご新造《しんぞ》さま……に会《お》うたら、くれぐれも養生して丈夫なややこを産むよう伝えてくれと仰せにございました」

返す言葉が見つからず、結寿はうなずく。

それからは大家の子供たちの近況や、幸左衛門の弟子の噂《うわさ》など、変わりばえはしないがいつもながら面白おかしい百介の話に結寿は耳をかたむけた。

しばらく話していると、玄関で姑の声がした。

「あら、お客人かしら。ちょっと見て来ます」

結寿は百介を待たせて、玄関へ出て行く。

客の姿はなく、式台に姑がつくねんと座っていた。

「お姑さま。すみませぬ。どなたか、おいでにございましたか」

「あ、いえ……」

放心していたのか、姑ははじかれたように結寿を見た。

「お客ではありませぬ。旦那さまがお帰りになられました」

「おひとりで……」

「家督相続が許されたそうにて、万之助は挨拶やらなにやら、残っておるそうです」

「ようございました。では、お舅さまもお喜びでしょう」

「それが……めでたきことのはずなのに……旦那さまのご様子が妙なのです」

むっつりと黙り込んだまま、老僕に足を濯《すす》がせ、そそくさと奥へ入ってしまった。いつもなら姑に刀の大小を渡すはずがそれもなく、ひとこと、

――ひとりにしてくれ。

と、言い残して立ち去ったという。

「なにか意に染まぬことがおありなのやもしれませぬ」

姑は不安そうに首をかしげている。

「万之助さまがお帰りになればご事情がわかります。それまでそっとしておいて差し上

げましょう」

そうは言ったものの、結寿も気がかりだった。手早く茶菓の仕度をする。

万右衛門は、夫婦の座敷ではなく、書院にいた。書院といってもご大層な家ではないので、床の間があるというだけの簡素な八畳間だ。なにをしているのか、万右衛門は襖を閉め切っていた。

「お舅さま。お帰りなさいまし。お茶をお持ちいたしました」

襖越しに声をかける。すると「じゃませんでくれ」と、温厚な万右衛門とは思えぬ苛《いら》立《だ》った声が返ってきた。が、すぐに口調を和らげて、「いや、もらおう」と言い直した。

「おじゃまして申しわけございませぬ。では、こちらに置いて参ります」

結寿は細く襖を開けて、茶菓をのせた盆をそのままなかへ押しやった。ちらりと目を上げると、舅の背中が見えた。庭に面した障子の前に文机を置き、書き物をしている。

それ以上、話しかけるのもはばかられて、結寿は早々に退散しようとした。

と、万右衛門は、背中を向けたまま呼び止めた。

「苦労をかけるが……ややこを立派に産み育ててくれ」

「はい」

結寿は一礼して襖を閉める。自室へ戻りかけて足を止めた。

舅は、なぜ、あらたまってあんなことを言ったのか。今生の別れでもあるまいし……。

思ったとたん、あッと声をもらした。

まさか、と首を振る。が、同時にすーッと血の気が引いた。

「結寿どの。旦那さまはなにをしておられましたか」

待ちかまえていたのか、青ざめた顔をした姑に呼び止められる。結寿の腕にかけた手がふるえていた。

「書き物を、しておられました」

二人は目を合わせる。

「よもや……」

異口同音に声をもらした。そのあとは恐ろし過ぎて言えない。

「結寿どの、あァ、どうしたら……」

「お姑さま。ともあれ落ち着きましょう」

「なれど、旦那さまはきっと……」

「口に出してはなりませぬ。ここはわたくしにお任せください」

姑がなにを心配しているか、言われなくてもわかった。結寿もたった今、同じことを思いついた。

万右衛門がなぜひとりで先に帰って来たのか。なぜ書院にこもってしまったのか。書き物とはいったいなにか。

屋敷内に盗賊を出入りさせ、盗品の隠し所に利用されていたことを、万右衛門は武家にあるまじき失態だと恥じていた。嫡男への家督相続が許された今、自らの命をもって汚名を雪《そそ》ごうと考えたとしてもふしぎはない。

結寿は今、姑に、お任せくださいと言った。が、正直なところ、どうしたらよいかわからなかった。それでも、もし結寿の——おそらく二人の——考えが当たっていたとしたら、取り乱しては逆効果だということだけはまちがいない。

なんとかしなければ。それも、早急に。

「百介がおります」

結寿は自室へ駆け戻った。何事かと目を丸くしている百介に、あわただしく一部始終を語る。

百介も顔色を変えた。

「よもや、とは思いますが……」

「へいッ。お武家さまなら、あり得ることでございます」

「ああ、百介、どうしたらよいのでしょう」

百介は腕を組み、目を閉じた。名案を絞り出そうとしている。

「こういうことはお武家さま同士、小山田さまのお気持ちを変えることができるとしたら、それは、旦那さましかおりやせん」

「旦那さまとは万之助さまですか」

「いえ、あっしの旦那さま、ご新造さまのお祖父《じい》さまにございます」

「お祖父さまが……でも、どうして……」

「小山田さまが一目置いている、しかも小山田さまの思いをわかり合えるお人がもしいるとすれば、人生の大半を難事に立ち向かい、今現在は隠居の身である旦那さましかおりやせん」


幸左衛門がそれほどの大役を果たせるかどうか結寿は疑問だったが、事は急を要している。一縷《いちる》の希《のぞ》みがあるならやってみるしかなかった。


ともあれ、百介がたまたま小山田家を訪れていたことこそ、天の配剤かもしれない。

「わかりました。ではお祖父さまにひと肌脱いでいただきましょう。百介、急いでお祖父さまを呼んで来ておくれ」

「いえ、そうではございません。その前に……」


百介はもうひとつ、窮余の策をひねり出した。

「そんな、そんなことはとても……」

「他に手はありやせん。あっしは旦那さまにお話しいたします。ご新造さまも、くれぐれも怠りなきよう。すべてはご新造さまのお芝居にかかっているのですから」

「え、ええ……」

「それから、ご新造さまも大奥さまも、決して、小山田さまのお覚悟に気づいた素振りを見せてはなりやせん。もしや悲愴《ひそう》なお覚悟をされておられるとして、家人にそのことを知られれば、引っ込みがつかなくなります」

武士に二言はなし。いったん知られてしまえば、万右衛門は決意を翻せなくなる。

「わかりました。百介、なんとしてもお祖父さまに……」

「お任せください」

百介はすさまじい勢いで飛び出してゆく。

結寿も血相を変え、姑のもとへ急いだ。

三

真昼の小山田家に久枝の悲鳴が響き渡ったのは、それから間もなくである。

万右衛門は筆を止め、文机から目を上げた。賊か、それとも家人の身に異変が起こったか。考えるいとまもなく、万右衛門は席を蹴《け》り立てて書院を飛び出していた。

「久枝ッ、いかがしたッ」

叫びながら、声のしたほうへ駆ける。

「やッ、なんとッ」

台所の土間の水瓶のかたわらで、結寿がうずくまっていた。動転した久枝が抱き起こそうとしている。

「結寿どのッ。結寿どのッ。どうしました、しっかりなさい」

「なにがあったのじゃ」

「わかりませぬ。物音がしたので来てみたら結寿どのが……」

小山田家待望の初子をみごもっている嫁が気を失ったとなれば、万右衛門も驚きあわて、尋常ではいられない。

「座敷へ運ぶぞ」

「はい。すぐに床を……。お医者を呼ばねばなりませぬ」

「五平《ごへい》はどこにおるのだ？」

「今しがた使いに出しました」

「女中たちは？」

「あいにく、だれも……」

「なんとッ、よりによって、だれもおらぬとはッ」

二人は結寿を若夫婦の座敷へ運び込み、床をとって寝かせた。結寿は苦しげに眉をひそめ、息をあえがせている。ときおり呻《うめ》き声をもらしはするものの意識はまだ戻らない。

「熱はないようだが……」

「一刻も早《はよ》うお医者さまに……手遅れになっては大変です」

「よし。わしが呼んでくる」

「旦那さまが？」

「他にだれがおる？　医者は榎《えのき》坂の夕庵先生じゃったの」

「はい。あ、お待ちくださいッ。夕庵先生はここ数日、下野《しもつけのくに》国へお出かけとうかごうております」

夕庵は下野国在住の知友から難病の患者を診てくれと頼まれて出かけていると聞き、万右衛門は困惑顔になった。

「困ったのう、だれぞ他に……」

「そういえば、結寿どのにはなじみの医者がいたと聞いております。いかような病にも心得のある、大層な名医とか。お使い立ていたすは心苦しゅうございますが、今は危急の秋《とき》、狸穴町へ行って、結寿どののお祖父さまにお願いしてはいただけませぬか」

「心得た。ご隠居に頼んで、医者を連れて来る」

「よろしゅうお願いいたします」

いまだ意識の戻らぬ結寿に憂慮の一瞥《いちべつ》を投げて、万右衛門は飛び出してゆく。さっきまで我が事で頭がいっぱいだった。が、今は、結寿が、結寿の腹のややこが、無事であってくれという願いしか頭にない。

そもそも腹を切ろうと決めたのは、お上への抗議だった。与《あずか》り知らぬこととはいえ、盗賊を居候させ盗品を保管していたのは小山田家の落ち度である。ただしそれは当主であった万右衛門が背負うべきもので、家人に咎はない。自分が罪を一身に背負うことで、万之助に災いがふりかからぬように……というのが万右衛門の考えだった。それが覆ってしまった今、腹を切るより他はないと思いつめている。

いずれにしろ、家の安泰あってこその抗議。身重の嫁が急な病とあれば、切腹はあとまわしにするしかなかった。

まずは、為《な》さねばならぬことを為すのみだ――。

万右衛門は鬼のような形相で飯倉町の大通りを渡る。つんのめりそうになりながら狸穴坂を駆け下りた。

「大丈夫でしょうか。まことに、これでよかったのか」

姑のふるえる手を、結寿はぎゅっと握りしめる。万右衛門が出かけるやいなや、結寿は飛び起きていた。

「もう少し考える余裕があれば、他にも名案があったやもしれませぬ。なれど、ぐずぐずしていれば最悪の事態を招きかねませぬ。これが最善と信じましょう」

百介の機転のおかげで、とりあえずは悲劇を遅らせることができた。あとは幸左衛門の尽力とまわりの人々の助けが成否の鍵《かぎ》をにぎっている。

百介は、絵師であり俳諧の師匠でもある弓削田宗仙《ゆげたそうせん》に医者の役を割りふるつもりでいるようだった。宗仙は幸左衛門の囲碁友達でもある。風貌からして医者にうってつけだ。他にも、どんな役か知らないが、ゆすら庵の面々に協力を仰ぐつもりでいるらしい。ゆすら庵は口入屋《くちいれや》で、幸左衛門宅の大家である。

「さようですね」久枝はうなずいた。「百介どのがいなければ、ほんにどうなっていたか……」

「でも、まさか仮病を装うなんて、思いもしませんでした」

話しているところへ、老僕の五平が帰宅した。

「ひとっ走り、谷町の稲荷《いなり》へ詣でて参りました。旦那さまは……」

「お出かけになられました」

「そんならもう、おかげんはおよろしいので？」

「おまえがお詣《まい》りをしてくれたおかげです。お顔の色もようなりました」

「そいつはようございました。ずいぶんと効き目の早いお稲荷さまでございます」

体《てい》よく追い払われたとは知らずに、五平は安堵《あんど》の笑みを浮かべる。

五平につづいて、お浜が帰って来た。

「本日は私事にて外出させていただき、ありがとう存じました。奥さまのお心づかい、一同、くれぐれも御礼を申すようにと……」

久枝に礼を述べる。

お浜は元々、結寿の継母の女中だった。結寿の実家へ遠方から訪ねて来た継母の縁者がお浜にも会いたいというので、小山田家の許しを得て挨拶《あいさつ》に出向いたのである。

「早う着替えて、昼餉の仕度をなさい」

結寿はお浜を下がらせた。お浜が出て行くのを待って、姑と二人、安堵の息をつく。

万右衛門の帰宅がお浜の留守中でよかった。詮索《せんさく》好きのお浜が家にいたら、結寿の芝居はすぐにばれていたにちがいない。なぜ大芝居を打ったか、そのわけに気づけば、万右衛門は心証を害し、かえって意固地になって早々に切腹をしていたかもしれない。

「それにしても、小山田家がかような騒動に巻き込まれるとは……」

「元はといえば柘植平左衛門のせいです。まんまと騙されました」

「まこと憎っくき男じゃ。それでいて、なぜか怨む気になれませぬ」

「わたくしもそうなのです。こんなに迷惑をかけられたのに……死んでしまったと思うと哀しくて……」

なれど……と、結寿はまなじりをつり上げた。

「お舅さまは苦しんでおられます。哀しいなどと言うてはおれませぬ。平左衛門に真心があるなら、なんとしてもお舅さまをお救いいたすよう、彼岸から助けていただきとうございます」

「さようですね。この家に泥棒が住んでいたのですよ、と、いつの日か笑い話として孫や子に聞かせられるように」

「はい。わたくしもそう願《ねご》うております」

姑と嫁は仏間へ行き、共々に手を合わせた。

四

狸穴坂を下りきって、ゆすら庵の脇の路地を入ったところで、万右衛門はたたらを踏んだ。裏手にある借家の木戸から飛び出してきた小源太《こげんた》と、あわやぶつかりそうになったからだ。

「あ、いいとこへ来たッ」

「なんだと？」

「おっちゃんは……じゃねえや、お武家さまは姉ちゃんの……じゃねえや、結寿姉ちゃんとこの、ええと、ええと……お殿さまだな？」

小僧っ子に訊《き》かれて、万右衛門は面食らった。温厚で通っている男だから、いつもなら、たとえ相手が武家の子でなくても懸命に話を聞いてやろうとしたはずだ。が、今は取り込み中で、そんな暇はない。

「すまぬが坊主、急いでおるのだ。通してくれ」

「こっちも急いでるんだ」

「なんと言うた？」

「助けが要る」

「助けが要るのはこっちだ」

「だからこっちも要るんだってば」

とにかく来てくれと腕をつかまれて、万右衛門は幸左衛門宅の木戸門をくぐった。どのみち行き先は同じだとわかったので、とやかく言うのはやめにする。

木戸を入ったところにある山桜桃《ゆすらうめ》の大木は、びっしりと紅い実をつけていた。なぜか目をそむけ、万右衛門は小源太に引っぱられるまま玄関へ向かう。

玄関へたどり着く前に、百介が飛び出して来た。

「あァ、天の助けかッ。ありがたやッ。小山田のお殿さま、よいところへいらしてくださいました」

頭を下げられて、万右衛門はますますけげんな顔になる。

「わしはご隠居に、至急、お頼みいたしたきことがあるのだ」

「へい。それはむろん……と言いたいところでございますが、今は取り込んでおりまして……」

「取り込んでおるだと？」

「へい。実は、旦那さまは世を儚《はかな》んで自害すると仰せで……」

百介はいきなり地面に膝を落として両手をついた。

「お殿さまがおいでくださったのも前世からの宿命《さだめ》にございましょう。なにとぞ、なにとぞ、旦那さまをお諫《いさ》めくださいまし」

すすり泣きをもらしつつ地面に額をすりつける百介を、万右衛門は茫然《ぼうぜん》と見つめている。切腹の覚悟を決めたばかりの自分が切腹しようとしている者を諫める役を頼まれるとは——驚きのあまり、声も出ない。

家のなかからはドタバタと物音が聞こえていた。「うるさいッ、放せッ」と怒鳴っているのは幸左衛門だ。必死に留《とど》めようとしているのは大家の夫婦か。

「小山田さまのお言葉でしたら、旦那さまも耳をかたむけてくださるに相違ございません。どうか、このとおり、旦那さまを助けると思って……」

「しかし、なにゆえご隠居は……あ、いや待て、実はこちらも急ぎの用件があるのだ。嫁御が倒れた」

えッと百介は目をむく。といっても、さほど切迫感はない。

万右衛門はあわただしく事情を説明した。

「お、それなら宗仙先生だッ。ではこういたしやしょう。あっしが宗仙先生をお連れして小山田さまのお宅へ駆けつけます。宗仙先生なら鬼に金棒、ご新造さまは必ず快復いたしましょう。その代わり、お殿さまは旦那さまをなにとぞ……」

「わしに、自害を留めよ、と……」

万右衛門は目を泳がせている。

百介はぐいと首を上げた。万右衛門の顔を見上げる。

「旦那さまは今、いっときの激情にかられて、冷静なお考えがおできになりません。ご自分がたったひとりで生きているのではない、ということをお忘れになっておられます。旦那さまがお命を絶たれたら、あっしらまわりの者が、竜土町のご家族も、どれほど悲嘆に暮れるか。ましてや結寿お嬢さま……ご新造さまのお嘆きはいかばかりか。それがもとで、お腹のややこのお命まで危ううなるやもしれません」

万右衛門は石のように突っ立っていた。が、百介の話はちゃんと聞こえている。それが証拠に、こめかみがぴくぴく動いていた。

「旦那さまは、名誉の、沽券《こけん》の、と仰せですが、この百介に言わせれば、さようなことは屁《へ》でもございません。この世には生きたくても死んでゆかねばならぬ者がごまんとおります。命はひとつきり、どうか、早まらぬよう、授かった定命《じょうみょう》をまっとうされるよう、お殿さまよりお諭しくださいまし」

万右衛門はごくりと唾を呑んだ。今や、百介ばかりか小源太までが平伏している。涙ながらの訴えをどうしてしりぞけられようか。

「わかった。このわしに留められるかどうかわからぬが……とにかく、わけをお聞きしてみよう」

「おお、ありがとうございます。小山田さまのお言葉なれば、旦那さまも聞く耳をお持ちのはず、血気に逸《はや》ったおふるまいはおやめになられましょう」

「しかし、まずは医者を……」

「へいッ、そっちはお任せを。早速、お連れいたしますッ。いずこでなにをしておられようとも、首に縄をつけて引っぱって参ります。どうかご安心を」

百介は小源太に目くばせをして立ち上がった。「ではよろしく」と一礼をして、一目散に駆け去る。

表の様子をうかがっていたのか、いったん途絶えていた家のなかの物音が再び聞こえてきた。その不自然さも、思わぬなりゆきに困り果てている万右衛門は気づかない。

「そんならお殿さま……」

小源太にうながされて、万右衛門はしぶしぶながら家へ入って行った。

五

結寿と久枝は、やきもきしながら狸穴町からの知らせを待っていた。急な出来事だったので、じっくり策を練るいとまがなかった。幸左衛門の助けを借りると言っても、どうやって幸左衛門に万右衛門を説得させるのか。それすら皆目、見当がつかない。不安で頭はいっぱい、時間は遅々として進まない。

半日が経ったように思われた頃——といっても実際は一刻《とき》（約二時間）も経たないうちに——百介が弓削田宗仙を伴ってやって来た。

「後々のこともありますから、お医者役にも登場してもらいませんと……」

結寿が仮病であることは、万右衛門には最後まで隠しとおすことにしている。

「わかりました。では宗仙先生、せっかくいらしていただきましたが、わたくしはもうようなりました」

「それはようござった。妊婦には心配事がいちばんの大敵ゆえ、くれぐれもお心安らかに」

「名医のお言葉、心いたします。ところで百介、お舅さまのことですが、いったいどうなっているのですか」

「へい。そのことにございますが……」

結寿と久枝は百介の説明に耳をかたむけた。

「なんですって？　では、お祖父さまがご自害なさるふりを……それをお舅さまに諫めていただこうというのですか」

「なにしろ、急を要しておりました。あっしの粗末な頭ではそれくらいしか思いつかず……」

「お祖父さまにさようなお芝居ができるのかしら」

「ご新造さまのためと聞き、大したはりきりようで……」

百介は忍び笑いをもらした。

万右衛門が木戸をくぐったのを合図に、幸左衛門は鞘《さや》を払った懐剣をつかむ。大家の傳蔵《でんぞう》とてい夫婦が幸左衛門にしがみついて引き止める。たしかに切迫した場面にはちがいないが、いかにも芝居がかっている。しかもこちらは三文役者どころか、素人《しろうと》も素人の三人である。ばれはしないかと、結寿はかえって心配になった。

「見破られはしませんか、お芝居だとわかったら……」

「あっしも気になりましたんで、宗仙先生をお連れしてこちらへ参る途中、ゆすら庵へ寄って様子を聞いて参りました。騒ぎはすでに鎮まって、お二人は親しげに話をしておられるとのことでございます」

「なれど、狸穴のご隠居さまをお諌めしたからというて、旦那さまがご自身のお覚悟を翻されるものでしょうか」

久枝はまだ不安そうな顔だ。が、百介は確信があるようだった。

「こういうことは、いったん水を差されるとご決意がにぶるものでございます。諭すつもりが諭され、平常心が戻れば、夢から覚めたような心地になられましょう」

それにしても、万右衛門はなぜ急に切腹――本人にたしかめたわけではないのであくまでも憶測だが――しようと考えたのか。小山田家の当主が自害をしては改易にされかねない。だから万之助に家督を譲ったあとで盗賊事件の責任をとることにした、というところまではわかる。が、それなら帰宅したとき不機嫌だったのはなぜだろう。

「お城でなにかあったのでしょうか」

「万之助の身に何事もなければよいのですが……」

百介と宗仙が帰ったあと、二人はまたもや不安にかられた。

万之助は、太陽が西へかたむく頃に帰って来た。

「父上はいかがしておられる?」

玄関へ出迎えた結寿を見るなり訊ねた。日頃の冷静な顔が一変して、逼迫《ひっぱく》した面持ちである。

「狸穴町へお出かけにございます」

「狸穴町？　そなたのお祖父さまのところか」

「はい。これにはわけがございます。まずはお上がりください」

結寿は万之助をうながして居間へ伴った。居間では久枝が待っていた。妻と母が代わる代わる語る話を、万之助は苦渋に満ちた顔で聞いている。

話が終わるや、重い息をついた。

「やはり、そんなことではないかと思うていた」

家督相続の許可を得たあと、万之助は新たな組頭のところへ挨拶に行かなければならなかった。落胆と怒りに青ざめている父のことが気がかりだったが、ゆっくり話をしている暇がなかった。用事を終えるや、大あわてで帰って来たという。

「新たな組頭……江原《えばら》さまではないのですか」

小山田家の属する御先手組の弓組頭は江原新左衛門《しんざえもん》である。結寿は妻女の千里《ちさと》と懇意にしていた。小山田家は代々、弓組の与力だから、万之助も家督を相続すれば、当然、江原の組に入って、御先手組のお役をつとめることになる。

万之助は視線を落とした。唇をへの字に曲げて、畳のひとところをじっと見つめている。ようやく目を上げるや、今一度、苦しげな息をついた。

「こたび、御役替えを仰せつかった。御小普請《おこぶしん》入りだ」

結寿は息を吞んだ。久枝も凍りついている。

御役替えというが、御小普請は、無役の者が集まる組である。

直参《じきさん》の武士には、御目見《おめみえ》以上の旗本と御目見以下の御家人がいる。武士の身分で家禄があっても、すべてが御役に就いているわけではない。御役に就けない者は、将軍家のために働くかわりに、小普請金を徴収される。御家人でも由緒ある家柄なら寄合に、旗本でもお咎めをうければ小普請に……と境界線はあいまいながら、原則として旗本で無役の者は寄合、御家人で無役の者は小普請と呼ばれ、いずれも小普請金を払いながら御役にありつこうと日々、就役活動に励むのである。

無役の武士は四千人近くもいた。小普請は各組に分けられ、組頭の支配を受ける。

御先手組は、いざ戦となれば前線で戦う御役目だった。由緒あるこの御役を、小山田家の人々は誇りをもって代々受け継いできた。

それが万之助の代で御役替え、つまり剝奪《はくだつ》されたことになる。これは処罰以外のなにものでもなかった。むろん、盗賊事件の咎だろう。先の大火では寝る間も惜しんで働き、大いに面目をほどこしたのに、そのあと盗賊と知らずに柘植平左衛門を半年も居候させたことが発覚した。手柄どころか、処罰を受けることになってしまったのだ。

「父上は、江原さまはむろん、若年寄の皆々方にも詫《わ》びを入れ、何度も頭を下げられたそうだ。当主であった自分の咎ゆえ、責めは自分一人で負うと……。なにはともあれ、それがしが御先手組に留まるところを見届けた上で身の始末をつけようと思いつめておられたらしい」

ところが、願いは叶《かな》わなかった。無情にも御役替えが言い渡された。

「自分のせいで由緒ある御役を失《うしの》うた。ご先祖さまに申しわけが立たぬ。父上は死んでも死にきれぬ思いにちがいない」

「でも、あの盗賊の一件は、お舅さまのせいではありませぬ」

「しかし一家の主であればいたしかたない。家内で起こったことは、すべて、当主が責任をとらねばならぬのだ」

自分がもう少し気を配っていればよかった、柘植平左衛門の素性を調べるべきだったと、万之助は悔しそうに唇を嚙《か》みしめた。それは、結寿も同様だった。なぜ自分の直感を信じて、疑いの目を持たなかったのか。はじめて出会ったときも、そのあとのお婆さまの言葉の端々にも、なんとなく違和感を覚えていたのに……。

今さら言ってもどうにもならない。

結寿も、万之助も、久枝も、あまりの事の大きさに声を失っている。

ややあって、万之助は母に両手をついた。

「母上。今日よりそれがしは御小普請にございます。名誉ある御役を失い、これより多大なご苦労をかけますること、なにとぞお許しくだされたく」

久枝は目頭を押さえた。

「今さら愚痴を言うても詮《せん》ないこと。どのような御役に就こうが小山田家は小山田家です。小山田家の当主として、しっかりつとめなされ」

「はい。ともあれ父上には、一日も早う御先手組に戻していただけるよう、お力添えをいただかねばなりませぬ。そのためにも、早まったことはなさらぬように……」

「さようですね。初孫も生まれます。旦那さまにも抱いていただかねば」

「これより狸穴へ参ります。父上と腹を割って話してみます」

万之助は腰を上げた。

幸左衛門だけでは力不足だったとしても、万之助が加われば、万右衛門の決意を翻すことができるかもしれない。

「万之助どの、頼みますよ」

「お舅さまのお覚悟、わたくしたちは知らぬことになっております。ですからどうぞ、お気兼ねなくお帰りくださるようにと……」

再び出かけて行く万之助を、結寿と久枝は祈るような思いで見送った。

「お姑さま、お疲れでしょう、少しお休みください」

衝撃が消えやらぬ体の姑を結寿が気づかえば、

「結寿どのこそ、大事な体なのです、しばらく横におなりなされ」

久枝も嫁をいたわる。そう言いながらも、二人は茫然としたまま、横になることさえできずにいた。またもや、万右衛門と万之助の帰りを待ちわびることになった結寿と久枝だったが――。

騒ぎはまだ、終わりではなかった。

六

万之助が狸穴へ出かけて半刻も経たぬ内に、小源太がやって来た。狸穴坂を駆け上って来たのか、五平に案内されて居間へ入ったときもまだ荒い息をついている。

「どうしたのですかッ」

結寿は心の臓が引っくり返りそうだった。

小源太は挨拶もすっ飛ばして大事を知らせた。

「いなくなった？　お舅さまとお祖父さまが、お二人とも？」

「どこへいらしたか、わからぬのですか」

思いも寄らぬ展開に、結寿と久枝は目をみはっている。

万右衛門と幸左衛門は二人で話し込んでいたはずだった。ところが、百介と宗仙が小山田家から帰ってみると、二人の姿が消えていた。

小山田家へ帰る万右衛門を幸左衛門が送って行ったのなら狸穴坂を通るはずで、百介と宗仙が出会っていなければならない。近辺の寺社へでも詣でたかと探してみたがいなかった。それでも、百介ははじめ、さほど心配はしなかった。どこかへ立ち寄って、それから小山田家へ向かったのだろうと考えたのである。

百介の憶測は外れた。万之助が小山田家からやって来て、はじめて万右衛門が小山田家へ帰っていないことがわかった。

幸左衛門がついているからめったなことはないと思うが……。

万之助、百介、宗仙、それに大家の傳蔵夫婦も、手分けをして探しまわっているという。

結寿は頭を抱えた。

「お祖父さまったら……どうしてだれかに行き先を知らせなかったのでしょう」

書き残して行くこともできたはずだ。それとも、万右衛門に誘われ、行き先もわからずに出かけることになってしまったのか。

「ひと足ちがいで戻ってるかもしれないから見て来いって。もし戻っていないようなら、どこか、ここの殿さまが行きそうなとこを教えてもらって来いってサ」

思い当たる場所がないかと訊かれて、久枝は首をかしげた。

「縁者というても、旦那さまのごきょうだいは女子《おなご》ばかり。姉や妹の婚家へ行くとも思えませんし、恩師やご指南など、親しゅうしていただいた方々は大方、鬼籍に入っておられます。もとより竹馬の友と行き来をするようなお人ではありませんし……」

非番の日は家で書見をしているのが常だった。今さら御先手組の組頭や与力仲間に泣き言を言いに行くとも思えない。

「ふうん。心当たりなし、か」

となれば、万右衛門か幸左衛門、それとも二人が、どちらかの家へ帰るのを待つしかない。

「そろそろ新之助も帰宅しましょう。旦那さまが帰って来たら、新之助に狸穴へ知らせに行かせます」

「そうですね。それでは小源太ちゃん、狸穴のほうにお二人がお帰りになられたら、ここへ知らせに来てください」

「へいへい、合点承知之助」

小源太は帰って行く。

「長い一日になりそうですね」

「ほんに。なにはともあれ、夕餉の仕度だけはさせておきましょう」

「わたくしもお婆さまのご様子を見て参ります」

じっと座って待つばかりでは、ますます気が滅入ってしまいそうだ。結寿と久枝は重い腰を上げ、それぞれ台所と離れへ向かった。

新之助が帰宅して、夕餉の仕度がととのっても、万右衛門と万之助父子は帰って来なかった。新之助はむろんだが、この頃には女中たちや小者、老僕にも小山田家の御小普請入りが知らされ、驚きと落胆で家内は騒然としている。

「もっと早う、そなたの養子縁組を決めておくべきでした」

久枝は新之助に詫びた。御先手組の次男と御小普請の次男では、世間の見る目がまったくちがう。

「養子に行った先で、当てが外れたと嘆かれるより、はじめから御小普請の弟とわかって行くほうがどんなによいか……。母上、ご心配は無用です。それがしは当分、どこへも行かず、兄上をお支えいたします」

新之助のように不運を撥ね飛ばそうとする者もいれば、泣きごと三昧《ざんまい》ぶつけてくる者もいた。

「まァ、なんということでしょう。溝口家のご縁戚が御小普請とは……。とんでもございません。ご実家の皆さままで肩身《せも》が狭うなりましょう」

お浜の繰り言に、結寿は眉をひそめた。

「旦那さまもお舅さまも、今は大変なときなのです。おまえが泣きごとを言ってなんとするのですか」

「言わずにおれますか。これでは騙されたようなものにございます」

「お浜ッ。なんということを……黙りなされッ」

お浜など相手にしている暇はなかった。結寿の頭は、どうやって夫や舅を、そして姑を慰め力づければよいか、そのことでいっぱいである。

夕餉はだれも喉を通らなかった。

日が暮れて、行灯《あんどん》に火を入れる。

万右衛門と万之助が連れだって帰って来たのは、その日、夜も更けてからだった。

足音に気づいて玄関へ飛び出した家人一同は、万右衛門の姿をひと目見るなりのけぞった。

七

妊婦に坂は危ないと止められているので、結寿は狸穴に行けない。そのため、幸左衛門にはまだ会っていなかった。

会っていなくても、驚きは変わらない。火盗改方の鬼与力としてその名を馳《は》せた幸左衛門が、今や、万右衛門と同じような僧形になっていようとは……。

「なかなかお似合いにございますよ。旦那さまもご満足の体にて……賢人になった気分だと威張っておられます」

百介の報告に、結寿は声を立てて笑った。

万右衛門は、四日前の隠居が決まった日、頭を丸めて僧形になった。と、そこまではともかく、幸左衛門までが剃髪《ていはつ》して仏門に入る覚悟を固めた。もっとも幸左衛門の場合はこれから修行に励む身なので正式な出家とは言えない。

「なにも、お祖父さままで出家されなくても……」

「あのご気性にございます、話しているうちにお気持ちが昂《たか》ぶって、どうにも我慢ができなくなられたようで……」

「人騒がせだこと」

「とは申せ、そのおかげで、こちらのご隠居さまはご切腹なさらずにすんだわけですから……」

「さようでしたね。こちらでは皆、お祖父さまに両手を合わせておりますよ」

万右衛門は、はじめから、息子に家督を譲ったあと頭を丸めるつもりでいた。知り合いに頼んで高輪《たかなわ》の寺の高僧を紹介してもらい、秘かに出家の手筈《てはず》をととのえていた。ところがあの日、家督の許しだけでなく御役替えまで言い渡された。悲憤にかられ、帰宅するなり遺書を書きはじめた。日頃は柔和な男だけに、怒りは激しく、自分でも鎮めようがなかったという。もしあのままだれも気づかなかったら、結寿や久枝が案じたとおり、切腹していたかもしれない。

結寿の急病で切腹はあとまわしになった。が、狸穴町の幸左衛門宅へ行ったときは、まだ切腹する気でいたようだ。落ち着きを取り戻したのは、切腹すると騒いでまわりの人々を困らせている幸左衛門の姿を目の当《ま》たりにしたからだ。なんとも滑稽《こっけい》に思えたのだろう。訊けば、幸左衛門も自分と同じような鬱屈《うっくつ》を抱えているという。

幸左衛門の心を鎮めるため、万右衛門も己の恥をさらけ出した。出家か切腹か、心の迷いを打ち明けると、なんと幸左衛門は共々に出家しようと言い出した。二人は話し合った。切腹では家族に迷惑をかける、騒ぎになればかえって家名を傷つけるかもしれない。

——されば、頭を丸めるか。

万右衛門もようやく同意した。

ここまでの話は、結寿も万右衛門から聞いていた。このあと、だれかに知らせるいとまも惜しんで幸左衛門が万右衛門を寺へ引っぱって行ったのは、気が変わっては一大事と焦ったためだろう。出家さえさせてしまえば切腹の心配はなくなると、必死の思いだったのだ。

二人は寺へ赴き、幸左衛門は万右衛門の出家を見届けた。ところが行きがかり上、幸左衛門も引っ込みがつかなくなってしまった。いや、高僧の話を聞き、万右衛門の剃髪を見守るうちに、幸左衛門自身、出家への願望がこみ上げてきたのかもしれない。幸左衛門は直情の人である。

「では、お祖父さまはお寺に通うて、修行をなさるおつもりなのですね」

「へい。ただし、修行をされたところで、こちらのご隠居さまのようにはゆきますまい。相変わらず勝手なことばかり仰せで、なにかといえば癇癪《かんしやく》を起こしておられますから」

結寿は笑いながら、狸穴町へ帰って行く百介を送り出した。

ひとりになるや、眉を曇らせる。百介のおかげで久方ぶりに笑いはしたものの……。

小山田家はここ数日、謹慎中の家のように静まりかえっていた。万右衛門や万之助はいつにもまして口数が少ない。女中たちも身をちぢめているようで、食事時など、結寿や久枝が座を取りもとうとすればするほど白々としてしまう。

この先、どうなるのか。小山田家の明日は、ややこの将来は——。

話しかけようとしてもするりと身をかわしてしまう夫を横目で眺めながら、結寿はひとり悶々《もんもん》としていた。

季節は初夏から晩夏へ、寝苦しい夏が過ぎてゆく。

夫婦

一

ちらほらと色づきはじめた楓《かえで》で百舌鳥《もず》が啼《な》いている。キイキイという甲高い声につられて梢《こずえ》を見上げた結寿《ゆず》は、鳥の姿を見つけるより先に目をみはった。

百介《ももすけ》は今、なんと言ったのか。

「離縁、ですってッ」

「へい。こいつは、ご新造《しんぞ》さま御自らが言い出されたことだそうで……」

百介は結寿の祖父、幸左衛門《こうざえもん》の小者《こもの》である。幸左衛門から出産をひかえた孫娘の様子を見て来るようにと背中を押され、この日も小山田《おやまだ》家へやって来た。二人はいつものように中庭に面した結寿の部屋で話している。

「なにゆえさような……」

「ご新造さまは先の大火で大怪我をなさいました。幸いお命に別状はありませんでしたが、ご不自由になられた御足は快復の兆しがございません。これではなんのお役にも立てず、かえって足手まといになるばかりだと仰せになられ……」

駕籠《かご》を呼んで実家へ帰ってしまったというから、思いきったことをしたものである。

ご新造さまとは町方同心、妻木道三郎《つまきみちさぶろう》の妻女の勝代《かつよ》だ。道三郎と結寿はかつて魅《ひ》かれ合っていた。が、結寿の実家は与力で、道三郎とは身分がちがう。泣く泣く別れ、各々身分の釣り合う相手と夫婦になったといういきさつがあったから、道三郎の離縁話に結寿が耳をそばだてるのは無理もなかった。

「それで、妻木さまはなんと仰せられたのですか」

「家事なら人を頼めばよい。現に今も賄いをする者がいらっしゃいますそうで、早《はよ》う帰って来い、これまでどおり養生するようにと、一度ならず文を届けたそうにございます。なれど……」

勝代はかたくなに離縁を言い立てているとやら。

百介の話に結寿は眉をひそめた。

「それではかえって妻木さまを困らせているようなものだわ」

「へい。そのとおりでございます。離縁をなされば、怪我を負うた妻を捨てた非情な夫とそしられましょう。といって、首に縄をつけて連れ帰るわけにも……」

「身重でさえなければ、わたくしがご新造さまに会《お》うてお諫《いさ》めするのだけれど」

親しくはないが、見舞いにゆくなら不自然ではない。女同士で話をすれば多少とも気持ちを和らげることができるのではないかと結寿は思ったのだが……。

「ご夫婦のことは余人にはわかりません。首を突っ込まぬがよろしゅうございます」

百介はすっぱりと切り捨てた。

「百介ったら冷淡なことを……」

「いえ、冷淡ではございません。第三者が立ち入れば、かえってこじれる場合がございます。お嬢さまとて、ご夫婦のことはそっとしておいてほしいとお思いでしょう」

「立ち入るもなにも、こちらは変わったことなどありませぬよ」

「そいつは重畳《ちょうじょう》。旦那さまは新たなお役目に励んでおられるわけで……」

「むろんです。励もうにもお力を発揮なさる場所がないわけですからお辛《つろ》うはありましょうが、日々精進され、あちこち挨拶《あいさつ》に出向いておられます」

小山田家は、それと知らずに盗賊の一味を居候させてしまった咎《とが》で、あわや改易になりかけた。当主の万右衛門《まんえもん》は出家、嫡男《ちゃくなん》の万之助《まんのすけ》に家督を譲り、しかも代々の御先手《おさきて》組《ぐみ》与力から無役の小普請《こぶしん》に格下げとはなったものの、かろうじて家名の存続を許されている。

結寿の夫の万之助は、愚痴ひとつもらさず、粛々と御沙汰《ごさた》を受けた。少なくとも結寿の目にはそう見える。

「それならばよろしゅうございますが……」

百介は思案げに首をかしげた。

「ともあれ、お嬢さまには丈夫なややこを産んでいただくことにございます。ややこはご当家の新たな希望となられましょう。さすれば心配も杞憂《きゆう》に終わるわけで……」

「心配？　なんのことですか」

「いえいえ、なんでもございません。それよりお産はいずこでなさるおつもりで？」

百介に訊《き》かれて、結寿は眉を曇らせる。

「わたくしはここで産みたいのだけれど、初産だから里でお産をするようにとお浜《はま》がうるさく言うのです。お舅《とう》さま、お姑《かあ》さま、旦那さままでそうしたほうがよいと……」

お浜は結寿の女中で、輿入《こしい》れの際、実家からついてきた。

結寿の生母はすでに亡く、実家の当主の後妻は結寿の継母である。温かみのない継母より姑《しゅうとめ》のほうが結寿には心やすかったが、里で出産するのが両家の合意なら、ひとりで反対するわけにもいかない。

百介はなおも考え込んでいるようだった。眉間《みけん》にしわが刻まれている。それでもややあって、結寿に顔を向けたときには、いつもの陽気な百介に戻っていた。

「でしたらあっしもしばらくは竜土《りゅうど》町へ通うことになるわけで……いや、旦那さまもご実家へ帰ると仰せになられるやもしれませんん」

百介の旦那さまは幸左衛門、曾孫の誕生に立ち会いたくて祖父が一時でも実家へ帰るというなら、結寿も大歓迎である。

「お祖父《じい》さまに、竜土町でお待ちしております、とお伝えしておくれ。あ、それから、修行にもお励みください、と」

出家した万右衛門に感化されて、幸左衛門も衝動的に頭を丸めてしまった。が、案の定、仏の修行は遅々として進まず、相変わらず捕り方指南に明け暮れているらしい。結寿に目くばせをされて、百介も忍び笑いをもらした。

「頭を丸めて捕り方指南ってェのは前代未聞にござんしょう。ま、朝夕に誦経《ずきょう》だけはしておられますがね」

「フフフ……にわかに抹香臭くなられても、それはそれで心配だわ。お祖父さまにはお好きなようにしていただきましょう」

結寿と百介は声を合わせて笑った。御役替えからこっち、小山田家で笑い声が聞こえたためしはない。

敷居際に膝《ひざ》をついて、さっきから入ろうか引き返そうかと迷っていたお浜は、久々に聞く主《あるじ》の笑い声に目を瞬《しばたた》いた。

二

「里帰りなどしなくても、わたくしはここで産みとうございましたのに」

竜土町の実家へ帰る朝になってもまだ、結寿は納得しかねていた。小山田家は今、最大の危難に直面している。こんなときに実家へ帰るのは小山田家を見捨てるようでうしろめたい。

「旦那さまにもご不便をおかけすることになりますし……」

「おれのことなら心配はいらぬ。今は小普請ゆえ、閑《ひま》はいくらでもある。妻女を煩わせるほどの用事もあるまい」

万之助はいつもながら穏やかに返した。が、まともに妻の目を見ないのは、やはりなにか屈託があるのか。

「なれどわたくしは……そうです、今からでも竜土町へ使いをやって……」

「いや、産屋《うぶや》をととのえておられるそうな。溝口《みぞぐち》家にはお産に熟達した女たちがそろっておるとも……」

「お姑さまさえいらしてくだされば、心配はいりませぬ」

「こたびのことでは、母も心労を背負い込まれた。おまえのためなら喜んでお産の手伝いをされようが……無理はさせとうない」

結寿は目をみはった。自分のお産が姑の負担になるとは思ってもみなかった。もしそうなら、これ以上、言い張るわけにはいかない。

「身勝手を申しました。それでは里でつつがのうお産を終え、ややこを抱いて帰って参ります」

万之助は一瞬、言葉につまったようだった。

「うむ。体をいとうて、丈夫な子を産むことだけを考えよ」

「はい。そうさせていただきます」

結寿は万之助に挨拶をした。畳に両手をつけないほどではないが、それでもせり出した腹を庇《かば》って、軽く会釈《えしやく》をするだけに留める。

「行こう。皆、待っていよう」

ひと足先に立ち上がった万之助は、結寿に手を差し伸べた。ふっと片方の手のひらを結寿の腹に置く。

「元気な男子《おのこ》を産んでくれ。あ、いや、女子《おなご》でもよい。いやいや、女子のほうがよいやもしれぬ」

結寿がけげんな顔をしたときにはもう、万之助は手を離していた。

「男子でも女子でもよい、と言うたのだ。ただ……」

「はい？」

「そなたも、息災での」

「はい……」

舅《しゅうと》と姑は茶の間で待っていた。舅の万右衛門は丸めた頭がすっかり板についている。

「かようなときに里へ帰るのは心苦しゅうございますが、ややこを抱いて、一日も早う帰って参ります。それまで、ご不便のほど、お許しくださいまし」

心をこめて挨拶をすると、万右衛門と姑の久枝は困惑したように顔を見合わせた。

「溝口家の皆々によろしゅう伝えてくれ」

「精のつくものを食べて、心やすらかにお過ごしなされませ。じっとしてばかりいないで、少しは動いたほうがお産は軽うなりますよ」

万右衛門は口をへの字に曲げている。久枝は目頭に指を当てて、さりげなく涙を拭《ぬぐ》った。むろんお産は女の一大事だ、命を落とす場合もあるから、舅の深刻な顔や姑の案じ顔もわからなくはなかったが……。

「お浜、あとは頼んだぞ」

「ご安心くださいまし」

万之助に声をかけられて、片隅にひかえていたお浜が硬い表情で両手をつく。

「お駕籠が参ってございます。ご新造さま、参りましょう」

「お待ち。新之助《しんのすけ》さまは……」

「さっきまでおりましたよ。どこへ行ったか……」

久枝が目を泳がせた。

「それではお舅さまお姑さま、あとはよろしゅうお願いいたします」

結寿はあらためて挨拶をした。

「お浜、先に玄関へ。わたくしはお婆さまにご挨拶をいたします」

「今から、にございますか。手早くなさってくださいましよ」

お浜の非難めいた声は聞き流して、結寿は離れへ急いだ。といっても、転ばぬよう、細心の注意を払って歩く。

「まァ、新之助どの……ここにいらしたのですか」

障子を開けるなり、結寿は驚きの声をもらした。近頃の新之助はお婆さまを気にかけ、ときおり話し相手になってやっている。離れにいたからといってふしぎはないものの、家にいたのに結寿に挨拶もしないのはどう考えても不自然だった。

二人は縁側近くで話し込んでいた。同時に振り向いて結寿を見る。

「今、義姉上《あねうえ》の話をしていたところです」

新之助が硬い声で言った。

「わたくしのことを……」

「そうです。義姉上はやはり帰ってしまわれるのだ……と」

新之助はいつもとちがってよそよそしい。

「実家へ帰るのはお産のためです。ややこが生まれれば、すぐに戻って参ります」

結寿はすかさず言い返した。新之助は誤解をしているようだ。このまま帰ったきりになってしまうとでも思っているのか。

「わたくしが留守にするのはお産のあいだだけですよ」

「まことでしょうか……」

新之助はまだ疑わしげな顔をしていた。

「まことですとも」

力強く答えて、結寿はお婆さまに顔を向けた。

「お婆さま。しばらく留守にいたします。息災でいらしてくださいね。次にお会いするときは、ややこを抱いてやってくださいまし」

結寿が頭を下げると、お婆さまも会釈を返した。にこにこ笑っているのは、新之助のように邪推をすることもなく、結寿の言葉を言葉どおり受け取っているからだろう。

表で駕籠が待っていた。長居はできない。

「では行って参ります」

結寿は腰を上げた。

「義姉上ッ」と、新之助が呼び止める。

「なにか……」

「義姉上はもしや昔の……いや……お帰りを、お待ちしています」

結寿は離れをあとにした。玄関へ向かう。玄関には、いっしょに実家へ帰るお浜だけでなく、小山田家の女中たちと老僕の五平《ごへい》が居並んでいた。

実家へ帰るだけなのに、大げさな――。

首をかしげはしたが、思えば、結寿が産もうとしているのは小山田家の当主の初子、嫡男かもしれない。逆境の最中の唯一の希望として皆が期待を抱くのも無理はないと、結寿は思いなおした。

一同に見送られて玄関を出る。

駕籠は門前で待っていた。乗り込もうとしてふっと目を上げる。その目が、門柱のかたわらに佇《たたず》んでいる万之助の姿をとらえた。

旦那さま――。

驚きと同時に、結寿は胸を衝《つ》かれた。万之助が自分を見送るために門前まで出て来るとは思いもしなかった。しかも、なんと寂しげな目をしているのか。

万之助がうなずいたので、結寿もうなずき返した。まだ話し足りないような気もしたが、お浜に急《せ》かされて駕籠へ乗り込む。

飯倉《いいぐら》町の大通りに出て西へ行けば六本木《ろっぽんぎ》町の先が竜土町、結寿の実家の溝口家がある御先手組の組屋敷が連なっている。駕籠にゆられているあいだも、溝口家の門前で駕籠から降りたときも、結寿は胸の奥に引っかかるものがあるのを感じていた。

三

万之助から聞いていたとおり、溝口家には結寿の産屋が用意されていた。不自由がないよう仕度も万全にととのえられていて、おまけに家中のだれもが――これまで継娘にやさしい顔など見せたことのなかった絹代《きぬよ》までが――にこやかに結寿を迎え入れた。もっとも、それは好意のあらわれというより、腫れ物にさわるような接し方と言ったほうがよい。

はじめのうちは平穏だった。

「小山田家の一件は災難じゃったのう。おまえも気を揉《も》んだろうが、改易とならなんだだけでも幸運と思わねばならぬ。ま、すんだことはすんだこととして、これよりは丈夫なややこを産むことだけに専心するがよい」

里へ帰った日、父に言われた。

「初産はよくよく注意をしてかからねばなりませぬ。気にかかることがあらば、なんで

「もわらわに相談なされや」

継母も心強い言葉をかけてきた。自分がついていながら不具合が生ずれば、沽券にかかわる、と思っているのだろう。

結寿も出産のことだけを考えることにした。そうはいっても……。

五日十日と過ぎてゆくうちに不安になった。小山田家の人々はどうしているのか。なぜ見舞いや伝言を届けて来ないのか。

継母やお浜に訊いても、「つつがのうお暮らしじゃ」「お変わりはございません」などと答えるだけで、いっこうに埒《らち》が明かない。それよりふしぎなことは、あんなにはりきっていた幸左衛門はおろか、百介さえ訪ねて来ないことだった。

いったいどうしたというの――。

様子を見に行きたいが、出産をひかえた身重ではそれも叶《かな》わない。

そうこうしているうちに出産日が近づいて来る。

その日も、結寿は中庭の見える産屋に座って、ややこの肌着を縫っていた。手を動かしていないと落ち着かない。悩んだり苛《いら》ついたりするのは腹の子によくないとわかっているので、閑さえあれば縫い物か写経をしている。

庭の隅でガサゴソと音がした。野良猫かしらと手を止めた結寿の耳に「姉ちゃんッ」という声が聞こえた。

「小源太《こげんた》どのッ」

「しッ。見つかったら叱《しか》られる」

色づいた櫨《はぜ》の木の後ろから、狸穴《まみあな》町の口入屋《くちいれや》、ゆすら庵の倅《せがれ》の小源太が這い出て来た。結寿の祖父と百介はゆすら庵の裏の借家に住んでいるから、小源太は大家の倅でもある。

手招きをすると駆けて来た。

「どうしたの？　そんなとこから」

「裏のおっちゃんに頼まれたんだ、姉ちゃんの様子を見て来いって」

「裏の……百介ね。なぜ、百介が小源太どのに……」

自分で来ればよいのだ。そもそも溝口家の小者なのだから。

ところが小源太は首を横に振った。

「出入り禁止」

「どうして……」

「姉ちゃんがいるから」

小源太の返答に結寿は目を丸くする。

「姉ちゃんの祖父ちゃんが怒鳴り込んで、大喧嘩《げんか》になって、それからおっちゃんも門前払いになったんだってさ。姉ちゃんが無事に赤ん坊を産むまでは、心を乱しちゃいけないんだとさ」

「心を乱す……どうして百介に会うとわたくしの心が乱れるのですか」

「なんでもかでも話しちまうと思われてるんだろ」

話しているうちに、結寿は胸騒ぎがしてきた。

「なんでもかでもって……わたくしに話せないことがあるのですか」

「ウン。あ、いや、おっちゃんは、姉ちゃんが順調ならそれでいい、こっちも元気でやってるから心配ないと伝えてくれって。余計なことは言うなと言われてるんだ」

小源太は早くも退散しようとしている。

「お待ちなさいッ」

結寿は濡れ縁に腰を下ろすよう、小源太に命じた。

「小源太どの。なにか知ってることがあるなら教えてちょうだい」

「だけど……余計なことを言ったら姉ちゃんの体に障るって……」

「いいこと、ようお聞きなさい。わからないままあれこれ考えていたら、そのほうが、かえって体に障りますよ。心配をし過ぎて不眠がつづき、食も細くなって、寝込んでしまうかもしれませぬ。体が弱れば流産することだって……いえ、赤子ばかりかわたくしまで……」

「わ、わかったッ。わかったってば。教えてやるよ。けど、おいらから聞いたって言わないでくれよ」

結寿はうなずく。いったい何事があったのか。早くも動悸《どうき》がしている。

「姉ちゃんとこ、近くへ引っ越して来たんだ」

なんのことか、とっさにはわからない。

「それは、もしや、小山田家が屋敷替えになった、ということですか」

「ウン。今までのとこは御先手組の組屋敷だからいられなくなって、で、こっちの近所に越して来たってわけさ」

「こっちの近く……」

これまでの小山田家は狸穴坂を上がった飯倉の武家屋敷町にあった。結寿が嫁ぐ前に身を寄せていた祖父の隠宅は坂下の狸穴町で、結寿はよく坂を上り下りしていたものだ。小源太によると、小普請に格下げされた小山田家の新居は坂下の十番《じゅうばん》馬場町で、ゆすら庵の近所だという。

「そういえば、あのあたりにも武家がひしめいていたわね」

いずれも下級武士の家で、飯倉の屋敷とは格段の差がある。

「でもどうして……どうしてだれも教えてくれなかったのかしら。わかっていたら、わたくしだって里へなど帰らなかったのに」

「馬ッ鹿だなァ。だから言わなかったんじゃないか。身重の姉ちゃんが引っ越しなんかしたら心労で死んじまうって思ったのさ」

「だとしても、屋敷替えになったことは教えてくれてもいいはずだわ。だって、そうでしょ。ややこが生まれたら新しい家へ帰るんですもの」

結寿はあたりまえの顔で言った。ところが小源太は一瞬、虚を衝《つ》かれたような顔をした。にわかにそわそわしはじめたのは、よほど答えに窮したのか。

「ねえ、どうしたの？」

「ウ、ウン。ええと……そうだ、もう行かなきゃ。ぐずぐずしてらんねえや」

「あ、小源太どのッ。小源太ちゃん。どうしたの？　待って、お待ちなさいッ」

止めても無駄だった。小源太はもう駆け出している。櫨の木陰に飛び込んだところをみると、その向こうの垣根に人が通り抜けられる穴でも空いているのか。

追いかけることもできず、結寿は重い腹をもてあましたまままため息をつく。ため息はすぐに消え、キッと眉をつり上げた。

小源太はもっとなにか知っている。知っていて言えなかったこととはなんだろう。

小山田家は屋敷替えという大事を当主の妻女に知らせなかった。出産を終えて帰ればわかることを、なぜ隠したのか。その前に、なぜ強引に里へ帰るよう勧めたのか。

「まさかッ。けれどそれしか……」

思いついた答えに自分でも驚愕《きようがく》して、結寿は鳩尾《みぞおち》に手を当てる。呼吸が速まり、どっと汗が噴き出した。

離縁――。

もしそうなら、とんでもないことだ。自分のいないところで自分の身の振り方が決められてしまうなど、断じて許せない。

けれど思えば、結婚そのものが結寿の意志ではなかった。結寿は夫となる人のことをろくに知らないまま、両親の言いつけに従って小山田家へ嫁いだのである。

勝手に結婚を決めた親なら、勝手に離縁を決めてもふしぎではない。

「そんな……あんまりだわ」

結寿は拳《こぶし》をにぎりしめた。小山田家が苦難の最中にあるこのときに、しかも腹に万之助のややこがいるというのに、どうして離縁などできよう……。

じっとしてはいられなかった。体が重い、動きたくない、などと言ってはいられない。

結寿は腰を上げた。産屋を出て、継母の居場所を探す。ほんとうなら父を問いただしたいところだが、父はお役目があり、今は家にいない。

継母は茶の間にいた。お浜に茶菓を運ばせたところか、主従は話し込んでいる。

「母上。うかがいたきことがあります」

敷居際で声をかける手間を省いて、結寿は継母の正面に膝をそろえた。

「いったいなにごとですか。話があるならこちらから出向いたものを」

絹代は素早くお浜と目を合わせ、おもねるように訊き返した。

結寿は継母をにらみつける。

「わたくしの、小山田の家が、引っ越しをしたと聞きました」

絹代とお浜は今一度、顔を見合わせた。

「だれがさようなことを言うたのでございますか」

「お浜、よい、どうせわかることじゃ」

お浜を鎮めておいて、絹代は結寿の目を見返す。わるびれたようには見えなかった。

「そのとおり。御先手組ではのうなられたゆえ、組屋敷から出て行かれた。そういうことじゃ」

「わたくしは聞いておりませぬ」

「言う必要がないゆえ言わなんだのであろう」

「言う必要がない？　なにゆえにございますか。わたくしは小山田家の女、当主の妻にございます」

「子を産むまでは……さよう。なれど、子を産むまでじゃ」

「どういうことにございますかッ」

結寿は膝で詰め寄った。「お鎮まりなされませ」とお浜が声をかけたが、結寿は目も向けない。

「どういうことか、お話しください」

絹代はひとつ息をついた。いつかはこういう場面が来るとわかっていたからか、困惑も動転もしていない。

「どういうもなにも、縁が切れるということじゃ。小山田家には離縁を申し入れた。むろん実際に離縁をするのは子が生まれてからになるが、産後の肥立ちがわるいとふれまわれば、双方の世間体も保たれる」

結寿は、得々と話す継母の顔を、あっけにとられて眺めていた。いったいいつ、どこで、両家はそんな話をしたのか。

「さようなこと、小山田家が承知するとは思えませぬ。わたくしは信じられませぬ」

「そなたが信じようが信じまいが、小山田家は承諾しましたぞ。当然でしょう。不祥事を起こし、不名誉にも御役替えまでされたのじゃ。今となっては身分が釣り合わぬ。お咎めを受けた御小普請と縁戚になるなどまっぴら、このままでは先々、なにかと不都合が生じよう」

つまり、この勢いでまくしたてて、無理やり離縁を承知させたにちがいない。とばっちりとはいえ罪科を背負った小山田家としては、言い返すこともできなかったのだろう。

それにしても、なんと非情な——。

「小山田家は災難におうたのです。そのことは、だれもが存じております。仮にも縁つづきになったのですから、むしろ手を差し伸べるのが人情ではありませぬか」

「おやまァ、世間知らずをお言いやる。世の中はさように甘くはないぞ。名誉ある御先手組から除名された事実は生涯ついてまわろう。これは、そなたのためでもあるのじゃ」

「わたくしは……」

「もとよりこの縁談、そなたは気が進まなんだはず。まだ若いのじゃ、もっとよき縁談がいくらでもある。わらわに任せておきなされ」

絹代は見栄と体裁をなにより重んじる女だった。今この場でなにを言っても無駄だと、結寿は自分の心に言い聞かせた。

それでも、どうしても、聞いておきたいことがある。

「ややこは、どうなるのでございますか」

結寿の烈《はげ》しい視線を受けて、絹代は目を逸《そ》らせた。

「男児なれば小山田家の跡継ぎゆえ、向こうへ引き渡さねばならぬ。が、女児なれば、こちらで育てることもできよう。もしそなたが他家へ再嫁することになれば、溝口家の娘としてわらわが育ててもよい」

そういうことだったのか。だから万之助は、男子がよいと口にしたとたん、すぐに女子がよいと言いなおしたのだ。生まれたばかりの赤子を母のもとから奪い取るようなまねをしないですむように……。

結寿は、万之助との最後の会話を思い出していた。そう、駕籠に乗るときも、万之助はわざわざ門前まで出て見送ってくれた。あのときの目の色が寂しそうに見えたのは、これが夫として妻を見る最後になるとわかっていたからだ。舅の鬱々《うつうつ》とした表情、姑の涙、新之助が結寿を見送ろうとしなかったわけも、今ならわかる。

「出産を無事終えるまでは伏せておくつもりじゃった。そなたを動揺させぬよう、ご隠居さまの見舞いもご遠慮願い、あのおしゃべりな小者の出入りも禁じておったのじゃが……」

絹代は首を横に振った。

「ま、いたしかたあるまい。結寿どの、そなたは不本意やもしれぬ、納得がゆかぬやもしれぬが、いっときのがまんがあとになって幸いとなることもある。ここはわらわの言うたことをよくよく嚙《か》みしめて、小山田のことは忘れ、無事にややこを産むことだけに専念しなされ。よいの」

絹代はまだくどくどとしゃべっていたが、結寿はもう聞いていなかった。魂が抜けたような心地で茶の間をあとにする。

自室へ戻ろうとする結寿を案じてお浜があとをついて来たものの、結寿はそのお浜の鼻先でぴしゃりと障子を閉めてしまった。

ひとりになりたい。ひとりになって、この恐ろしい現実とどう向き合うか、じっくり考えたい。

もっとも、衝撃が大きすぎて、すぐには考える頭が働きそうになかった。

小源太と話したときと同じ場所へ腰を落として、茫然《ぼうぜん》と庭を眺める。

色づいた櫨の葉が舞い落ちるのを見るともなく見ていると、今はもう小山田家の住まいではなくなった飯倉の家の庭の楓が散るさまが鮮やかによみがえった。

四

ややこが生まれたら小山田家と縁を切る――。

なんと身勝手な話か。それでは家名と結婚したようなものではないか。万之助の妻として、小山田家の嫁として、一日も早く家族に溶けこもうとしてきたこれまでの努力はいったいなんだったのだろう。

驚愕が冷めるや、烈しい怒りがわいてきた。離縁するしないはともかく、こんなかたちで小山田家を去るのはどうあっても不本意である。これほど重大なことを、当人の知らないところで決めてしまったことも許せなかった。

なんとかしなければ……それも、ややこが生まれる前に――。

結寿は思案をめぐらせた。

いくら考えても妙案は浮かばない。

実家では孤立無援だった。万之助に文を届けようにも、安心して託せる人がいない。百介なら結寿のために動いてくれるはずだが、出入り禁止では頼みようがなかった。

どうすればよいのか。

自分で会いに行くしかなさそうだ。狸穴町へ行けば百介がいる、小源太もいる、小山田家の新居を探すのはわけもない。だが、身重の体で狸穴町までたどりつけるかどうか。

それでもやってみるしかなかった。

暗くなるのを待って、結寿は屋敷を忍び出た。これはさほどむずかしくなかった。なぜなら火盗改《かとうあらためかた》方与力の屋敷を襲う剛胆な賊はいないので警備はおざなり、小源太が忍び込んだ隙間を見つけるまでもなく、門番が油を売っているあいだに外へ出られたからだ。

小山田家にいたときとちがって、お浜も気がゆるんでいる。結寿の身辺に目を光らせる者はいない。その点も好都合だった。

加えて、季節も幸いした。袷《あわせ》ならふくらんだ腹がごまかせる。月が皓々《こうこう》と照っているのも運がよかった。結寿は六本木から飯倉へつづく大通りを東へ歩き、狸穴坂へ出る手前で足を止める。

左手に折れれば御先手組の組屋敷で、そこには小山田家もあった。が、今はもう、見も知らぬ御先手組与力の家族が住んでいるはずだ。旧《ふる》くなったために猫が飛び乗っただけで壊れ、やっと修理をした藤棚も、その猫とお婆さまが仲よく縁側で居眠りをしていた離れも、二度と見ることはできない。

結寿は夫と暮らした座敷を想った。自ら望んだわけでも、むろん恋い焦がれたわけでもなかったが、二人はあの部屋でかけがえのない夜々を過ごし、夫婦らしい情愛を育ててきたのだ。

あの家で、わたくしは幸せだった――。

結寿はこみ上げてきた熱いかたまりを呑《の》み下す。そこではっと気づいた。自分が泣くほど恋しいのは、あの家ではなかった。あの家にあったものだ。舅姑《きゆうこ》、新之助、お婆さま、そしてもちろん夫の万之助……そう、どんなところであれ、家族がそろっている家こそが自分の帰るべき場所である。

結寿は前方へ視線を戻した。余所見《よそみ》はやめて歩を速める。狸穴坂に差しかかる頃には息が上がり、夏でもないのに汗が噴き出していた。

なぜこんなにも息苦しいのか。引き返すべきかしら――。

ちらりと思ったものの、坂を下りれば狸穴町で、竜土町へ引き返すより近い。

坂は急勾配《こうばい》である。転げ落ちないよう慎重に足を運ぶ。体が重いので何度もつんのめりそうになって、そのたびに立ち止まって息をととのえた。ときおり頭の血がすーっと下がるような感覚があり、体の奥でうずくような痛みが走る。

こんなに長い坂だったか、もっと短いと思ったのに——。

顔をしかめたとき、それはやって来た。突然の激痛に驚いてしゃがみ込む。といってもせり出した腹ではうずくまることもできず、地べたに後ろ手をついて息をあえがせた。

いったんはおさまりかけたものの、さらなる激痛が容赦なく襲いかかる。額に脂汗を浮かべ、体を左右に動かしながら、結寿はなんとか痛みをまぎらわそうと歯を食いしばった。

妻木道三郎さまと出会ったのは、そう、このあたりでは——。

おぼろげな記憶をたどろうとしたときだ。道端の草むらから、すくりと人が立ち上がった。立ち上がったような気がした。

「旦那さまッ」

暗がりで万之助が両手を差し伸べている。いつもながらの無愛想な顔だが、その眸《ひとみ》には温かな光が灯《とも》っていた。

あァ……と結寿も両手を泳がせた。手がふれ合わないところをみると、万之助は幻か。行かないでと叫ぼうとしたとき、またもや激痛がきた。

狸穴坂は夜、めったに人が通らない。ところが幸運にもだれかが下りてきた。呻《うめ》いている結寿に驚いて駆け寄る。

「どうしましたか。や、お子を孕《はら》んでおられるか」

見知らぬ人は背中をさすってくれた。激痛が和らぐのを待って肩を借りようとしたものの、結寿は歩けなかった。

「人を呼んで来ましょう。しばらく辛抱しなされや」

「どうか、ゆすら、庵に……」

「おう、口入屋のお知り合いか。待っておいでなさい」

このあたりの記憶はあいまいである。どれほど時が経ったかも覚えていない。足音、ざわめき、何本かの腕……ふいに体が浮き上がったことだけが記憶に残っている。

結寿は、ゆすら庵の裏にある祖父の隠宅へ運び込まれた。

赤子の声が聞こえている。本当に泣いているのか、耳の中に残っているだけなのか、どちらともつかないが、同じ声を今しがた耳元で聞いたのはたしかだ。

赤子、わたくしの――。

結寿は笑みを浮かべた。流産してもおかしくない状況だった。おまけに早産。もっとも出産日については、医者の見立てがまちがっていたのかもしれない。

娘は無事、生まれてきた。

――元気な姫さまにございますよ。

ゆすら庵の主人、傳蔵《でんぞう》の女房のていのはずんだ声も、結寿の耳に残っている。

そのていがにじり寄って、結寿の顔を覗《のぞ》き込んだ。

「お目覚めにございますか」

「ややこは……」

「ご心配には及びません。見世物にされてはおられますが、動じるふうもございません。むろん、まだお目はお見えになられませんが……」

結寿の出産という緊急事態が起こったために、幸左衛門と百介は表のゆすら庵へ退去させられた。が、二人をはじめ、ゆすら庵の子供たちも、思いも寄らぬ赤子の誕生に大喜び、赤子の顔を見ようと入れ替わり立ち替わりやって来ては産婆を困らせているらしい。

「運ばれていらしたときはもうだめかと肝を冷やしました。幸いお竹婆さんがすぐに駆けつけてくれたおかげで……」

お竹婆さんはゆすら庵の子供たちを取り上げた産婆で、老齢のため近頃は廃業同然だったというが、ここいちばんというとき、年季の入った手際を見せてくれた。

「わたくしを運んでくださったお人は……」

「亀屋の与五郎さんなら、礼は無用と念を押して帰られましたよ。そうでしょうとも。あのお人はね、この近くに妾宅があって榎《えのき》坂の本宅から通って来るんです。本宅には口うるさいおかみさんもいることだし……」

ていは忍び笑いをもらした。

ともあれ母子は無事だった。狸穴坂で産気づき、ゆすら庵で出産するとは、ただの偶然とも思えない。目に見えない力が与五郎を呼び寄せ、お竹婆さんを呼び寄せて、自分と赤子を生かしてくれたのではないかと結寿は両手を合わせた。

「竜土町には……」

「おっしゃるとおりにいたしましたよ。お祖父さまのところにおられますゆえご心配なく、ややこはまだしばらく生まれそうにはありませんと知らせをやりました」

父も継母もお浜も、結寿の無謀な失踪《しっそう》に腹を立てているにちがいない。が、祖父のもとにいるとわかれば、とりあえずは胸を撫《な》で下ろすはずである。明日になって医者や産婆を寄越すくらいはするかもしれないが、今さら騒ぎ立ててもしかたがないと静観の構えをとるのではないか。

「小山田さまのほうへは、まことに、お知らせしなくてもよろしいのですね」

「ええ。わたくしが旦那さまに文を書きます。夫婦ですもの、わたくしが文を書くのがいちばんでしょう」

「さようですね……」ていはうなずいた。「うちの人も妻木さまに同じことを申しましたよ。他人任せにせず、顔をつき合わせて話すことだ……と。お武家さまにえらそうなことを言っちまったと頭を掻《か》いておりましたけど」

「妻木さまに……他人任せにするな、と……」

「あたしはね、うちの人に言ってやりました、あんたもたまにはいいことを言う、妻木さまもご新造さまのご実家に飛んで行かれるにちがいないってね」

傳蔵とてい夫婦の言うことは、もっともだった。道三郎の妻女の話を聞いたとき、自分が妻女に会って諌めてやりたいなどと口にしたものだが、それこそ思い上がりというものだろう。夫婦が腹を割って話し合うこと――それ以外に夫婦の問題を解決するすべはないのだから。

万之助と自分も、会って話したほうがよい。実家がなんと言おうと、結寿は小山田家の嫁、万之助の妻として、家族ともども苦難を乗り越えてゆく覚悟だった。自分がどれほど小山田家の人々を愛《いと》おしんでいるか、それは紙の上で伝えられることではない。

「おていさん。やっぱり会って話をします。明朝、小源太どのに頼んで、旦那さまにこちらへお越しいただきたいと伝言を届けてはもらえませぬか」

「むろん、お安い御用ですよ。姫さまのご誕生をお聞きになられたら、小山田さまでもどんなにお喜びになられるか……」

女子なら溝口家が育てること、その前に結寿が実家から離縁を命じられていることを、ていは知らないようだ。

「ややこのことはまだ話さぬよう、小源太どのに言うてくださいー
「はいはい。お気持ちはようわかります。ご自分で仰せくださいまし」

結寿の声が聞こえたのか、お竹婆さんが赤子を見せに来た。目鼻だちもまだ定かではない小さな命を、結寿は恐る恐る抱き取り、感慨のこもった目で見つめる。

「お嬢さまのお誕生、おめでとうございます」

百介を筆頭に傳蔵と子供たちがぞろぞろと入って来て、結寿と赤子を取り囲んだ。

「へい。ご新造さまに似て愛らしい姫さまで……」

「似てなんかいねえや。赤くて小っこいだけでサ、どんな顔かわかりゃしねえ」

「こらッ、小源太、なんてことをッ」

小源太がていに叱られて一同が笑ったところで、結寿はあたりを見渡した。

「お祖父さまは……」

「おや、さっきまで赤子のそばにおられましたがね、照れくさいんでござんしょう」

「さァさ、おまえたちも母屋へ戻ってお休みよ。ご新造さまにはひと晩ゆっくり休んでいただかなけりゃ」

ていに追いたてられて、一同は出て行く。ていとお竹婆さんが今夜は交替で赤子の世話をしてくれることになった。準備万端、人手をそろえて待ちかねていた竜土町からなんの仕度もない狸穴町へ、自分の身勝手で皆に迷惑をかけてしまったことだけが、結寿

は後ろめたい。

「すみませぬ。わたくしのために大変な思いをさせてしまって……」

「大変だなんて、とんでもない。うれしゅうございますよ。小源太を産んでからもう十年も経ちますからねえ、なんだかこっちが浮き浮きしちゃって……。それになにより、ご隠居さまがお喜びですし」

「お祖父さまが……」

「それはもう、今日生まれるか明日生まれるかとそわそわしどおしでしたもの」

現役時代の幸左衛門は、凄腕の火盗改方与力として名を馳《は》せ、寝る間も惜しんで駆けまわっていた。子や孫を顧みるひまなどなかった。溝口家の家督を継いだ息子といまだにぎくしゃくしているのも、打ち解けて話す機会がなかったからだろう。今になって悔やむ気持ちが、多少はあるのかもしれない。

「わたくしもお祖父さまのおそばで子を産めて、ほんによかったと思います」

ここなら小山田家の新居にも近い。実家の目も届かない。意を決して出かけて来た甲《か》斐《い》があったと、結寿は安堵《あんど》の息をつく。

その夜は、久々にぐっすり眠った。

五

翌朝、小源太が小山田家へ結寿の伝言を届けた。が、万之助はあらわれなかった。

「もう一度、おまえからも言うておくれ。わたくしがぜひとも旦那さまと話したがっていると……。伝言ではのうて、じかに話すのですよ」

「へいッ」

勇んで出かけて行った百介も、消沈して帰って来た。

「小山田さまはご新造さまにお会いになる必要はないと仰せで……」

結寿は驚いた。結寿が小山田家を去るときの、あの寂しそうな表情からはとうてい想像できない返答である。

「わたくしがお会いしたがっていると、ちゃんと話してくれたのでしょうね。ここで、祖父のところで、お待ちしていると……」

「へい。申しました。ですが、小山田のことは忘れて幸せになるようにと……取りつく島もございません」

結寿は茫然と百介の顔を見返した。むろん、溝口家との約束がある。強要されてやむなく承諾したことだとしても、武家同士、約束を交わしたからには反故《ほご》にできない。溝口家への遠慮から結寿の申し出を拒絶したのだろう。それにしても――。

会う必要はない、幸せになるように……とは、ずいぶん他人行儀な言い方ではないか。家同士なにがあったにせよ、結寿が自分の子を宿しているのはわかっているのに。

「文を書きます。必ず旦那さまのお手に届けておくれ」

結寿はすぐさま文を認《したた》めた。なにも知らずに里へ帰り、ややこが生まれたら小山田家へ戻るつもりでいたこと、離縁の話を聞かされて驚愕したこと、どうしても納得がゆかず、万之助に会うために家出をしたこと……夜道で産気づき、無事に女児を出産したことも打ち明けた。これなら溝口家がどうあれ、ややこの顔をひと目見ようと駆けつけたくなるはずである。

百介は文を手に小山田家へ飛んで行った。そして、やはり浮かない顔で帰って来た。

「しばらく待つようにと仰せられ、これを、託されました」

百介がふところから取り出したのは、折りたたんだ文だ。ふるえる手で開いた結寿は、そこに見慣れた万之助の文字を見た。文面に乱れはないが、墨のかすれがわずかな動揺を示しているような……。

これまで小山田家の嫁としてつとめてくれたことへの感謝と出産の労《いたわ》り、女児が生まれたことへの安堵と喜び……けれどそこには、それ以上の思いは書かれていなかった。不幸にして離縁に至ってしまったが、今度こそ思いを遂げるように、という一文で結ばれている。

思いを遂げるように――。

「どういうことかしら」

「へ、どうかいたしましたか」

「そうだわ、旦那さまはもしや、誤解をしておられるのかもしれない」

小山田家を去る日、新之助はなぜかよそよそしかった。しかも「昔の……」と言いかけて言葉をにごした。

新之助は、結寿が結婚前に心に秘めた人がいたことを知っている。あの日、百介は結寿に、道三郎の妻女が離縁を言い立てて実家へ帰ってしまった話をしていた。それを聞いただれかが、離縁の添え物に結寿と道三郎を無理に結びつけたとしたら……。万之助は結寿が出かけたあと、弟から聞かされたのではないか。だとしたら、結寿に同情するか、それとも妻が自分以外の男を想いつづけていたと知って不快感をあらわにするか、いずれにしても結寿への未練を断ち切ろうとするはずだ。

「お浜だわッ」

「へい？」

「新之助どのをここへお連れしておくれ。なんとしても、どんな策を弄《ろう》しても、必ず連れて来てちょうだい。今すぐに。いいわね」

「へ、へいッ」

百介を送り出すや、結寿は床から抜け出した。まだ四肢に脱力感がある。安静にしていなければいけないことは百も承知していたが、体のことにかまっているひまはなかった。万之助に女児が生まれたと知らせてしまった。ぐずぐずしていれば溝口家と小山田家の離縁は正式なものとなり、世にもひろまって、二度と修復がきかなくなる。

結寿は祖父のもとへ飛んで行った。

幸左衛門はややこのかたわらで寝顔を眺めていた。これまで結寿が見たこともない好々爺《こうこうや》の顔である。

幸左衛門の後ろにはお竹婆さんがいて、盥《たらい》や晒《さら》しを並べて産湯の仕度をしていた。愉《たの》しげに語らっていたところをみると、強持《こわも》ての火盗改方与力として世に知られた幸左衛門と、生涯を生まれ出る命のために捧《ささ》げた猫背で歯抜けの婆さんとは、ふしぎなことにウマが合うようである。

「お祖父さま、お願いがございます」

幸左衛門と婆さんは同時に顔を上げた。結寿の切羽つまった顔を見るや、婆さんはややこを抱き上げて出て行く。

「言うてみなさい」

うながされて、結寿は自分の思いを話した。

「わたくしは小山田家へ嫁ぎ、小山田家の女になりました。小山田家が御先手組であれ御小普請であれ、わたくしはどちらでもようございます」

溝口家が小山田家とかかわりたくないなら、自分が溝口家と縁を切る、とまで言うと、幸左衛門は意外そうな顔をした。

「小山田家へ嫁ぐのはいやだと言うておったはずじゃが……」

「たしかに気が進みませんでした。なれど嫁いでみて、いえ、歳月を経るうちに気持ちが変わりました。今は、嫁いでよかったと思うております」

いや、正直に言えば、自分にとって小山田家がどんなに大切か、そのことを身にしみて悟ったのは里へ帰ってからだ。里は自分の居場所ではないと強く感じた。寂しく空しく、小山田家の人々が恋しかった。

その思いの強さを知ったのは昨日、離縁を知らされたときだ。居ても立ってもいられずに実家を飛び出したのは、自分自身ですら驚きだった。

幸左衛門は結寿の話をじっと聞いている。

「されば訊くが……」と、話が途切れたところで鋭い視線を向けてきた。「妻木道三郎が離縁をしたらなんとする？　離縁をして、おまえを妻にしたいと言うてきたら……」

「さようなことはありませぬ。妻木さまはご新造さまをお迎えに行かれるそうです。わたくしも、そうしてほしいと願《ねご》うております」

「あるかないかを問うているのではない。妻女のことも今は論外。それより、おまえは今も妻木を想うておるのか」

「妻木さまを想う気持ちは変わりませぬ」

「さすれば……」

「いいえ。いいえ。たとえ今、妻木さまがお独りでいらしたとしても、わたくしの気持ちは変わりませぬ」

「小山田家に帰りたい、と……」

「はい。帰りとうございます」

「子のためか」

「ちがいます。わたくしは妻木さまにもまして万之助さまをお慕いしております。夫婦として末永く添い遂げとうございます」

長いこと気づかなかった。が、昨晩、道三郎との思い出を刻んだ狸穴坂で、結寿は万之助の幻を見た。自分がどれほど万之助を頼りにしているか、思い知ったのだ。そしてそれは、道三郎への恋情とはちがっていたとしても、まぎれもない思慕の心だと、今ならわかる。

幸左衛門はようやくうなずいた。

「前々から思うておったが、おまえの取り柄は正直なところだのう。なるほど、人の心は白か黒かとはいかぬ。嫁ぐ前に妻木道三郎を好いておったからというて、小山田どのへのおまえの気持ちが真実でないとは言えぬ。ようわかった」

万右衛門に話してやろうと、幸左衛門は請け合った。共に出家して以来、二人は肝胆相照らす仲になっている。

「よろしゅうお願いいたします」

結寿は藁《わら》をもつかむ思いで両手をついた。

小山田家に戻りたいという結寿の願いは舅と姑を喜ばせるはずだ。幸左衛門が小山田家の後押しをするなら、溝口家も折れるにちがいない。

「しかしその前に、小山田どののお気持ちをたしかめねばの」

「そのことならご安心ください。なんとしてもお会いして、お話しいたします」

結寿は小山田家で暮らした日々のひとつひとつを思い出していた。そこにはいつも、寡黙で目立たぬながら、万之助の穏やかなまなざしがあった。誤解さえ解ければ、万之助は自分を迎えてくれる。きっと迎えてくれると結寿は確信していた。

それまで、ややこの名はつけずにおこう――。

六

何事もなかったかのように、季節は流れてゆく。初冬から本格的な冬へ、年の瀬から新年へ、結寿は小山田家の嫁として、自分の居場所を見つけていた。

今度の家には離れがない。台所脇の小部屋で寝起きをすることになったお婆さまは、ほとんど終日、茶の間の片隅でうたた寝をしている。

結寿は、お婆さまが手あぶりを膝に抱えてこっくりこっくりしている姿を見るのが好きだ。以前とちがって必ず目に入るので、だれもがお婆さまに声をかけ、ときには昔話に耳をかたむけている。そんな光景を見るのも好きだ。

使用人が女中一人と老僕の五平だけになってしまったので、結寿は姑の久枝といっしょに台所へ立つようになった。おしゃべりをしながら火加減を見たり菜を刻んだりするのも、思いのほか愉しい。

「結寿どののお祖父さまのように、わたくしどもも隠居所を探そうと話しているのですが……」

「わしもどこぞに庵《いおり》を結んで仏業に励みたいものじゃ」

家が手狭になったため、舅と姑は口癖のように言う。そのたびに万之助と結寿は断固として反対した。

「お姑さまがいてくださらなければ、とても手がまわりませぬ。香苗《かなえ》の育て方もお教えいただかねば……」

香苗はややこの名である。万之助が命名したのは、結寿の亡母の名だった。

「父上にもまだ働いてもらわねばなりませぬ。小山田家が御先手組へ返り咲くためには、それがしの力だけでは足りませぬ」

若夫婦に引き止められて、舅姑もまんざらでもなさそうな顔だ。だが新之助については、出て行くのを止めなかった。若者にとっては何事も経験、狭い家にちぢこまっていることはない。

「当てはあるのか」

「はい。とりあえずは、義姉上のお祖父さまのところへ……」

なんと幸左衛門の隠宅に間借りをするという。たしかに、かつて農家だった隠宅には部屋が余っていた。幸左衛門が新之助に捕り方指南の手伝いでもさせようというなら、それはそれで妙案である。

こうしてふたたび、結寿の小山田家での暮らしがはじまった。当初は異を唱え、勘当するの縁を切るのと騒いでいた溝口家も、幸左衛門の威しに負けたか、離縁の申し出を取り下げている。

新春の朝、結寿はややこを姑に預け、万之助と連れだって家を出た。

小山田家の新居は麻布十番の通りから路地を入ったところにある。十番の通りの突き当たりは掘割、手前には馬場があり、そのまた手前の馬場町には稲荷社があった。結寿にはなじみの稲荷だ。嫁ぐ前、道三郎と逢い引きを重ねた場所である。

「稲荷へ行く。おまえも来い」

はじめて夫に誘われたときはどぎまぎした。が、結寿は平静を装ってついて行った。なにも後ろめたく思うことはないのだと心に言い聞かせながら。

稲荷へ詣《もう》でたあと、結寿は万之助に道三郎の話をした。万之助はだまって耳をかたむけていた。表情を変えなかったのは、はじめから気づいていたのかもしれない。

以来、夫婦はときおりそろって稲荷へ詣でる。こんなことも、御先手組与力では考えられないことだ。なにごともわるいことばかりではないと、結寿はしみじみ思う。もちろん、小山田家の先祖やこれから生まれてくる子供たちのことを思えば、一日も早く御役に復帰することが望ましかったが……。

「まだ風が冷とうございますね」

「うむ」

「お寒うはございませぬか」

「ああ」

「フフフ……」

「なんだ?」

「いいえ。なんでもございませぬ」

万之助は、万之助である。無口が冗舌《じょうぜつ》になるわけではない。

けれど今は、そのことがありがたく思えた。

誘っておきながら振り向きもせず、大股で社殿へ歩いてゆく背中を見ながら、結寿は幸福の吐息をもらしている。

寒風と共に、仄《ほの》かな梅の香が流れてきた。

解説

八代有子

江戸の下町（神田、日本橋界隈、両国、深川など）を舞台にした時代小説は多い。だが諸田玲子さんは『狸穴《まみあな》あいあい坂』が刊行（二〇〇七年）されたとき、文芸評論家・高橋千劔破《たかはしちはや》さんのインタビューで作品の舞台について、

「これまで書かれていない土地を舞台にしたかった。狸穴から六本木にかけての界隈は、江戸前期には、それこそ狸《たぬき》やムジナが出るような所だったと思います。天保《てんぽう》の初めごろには、大名や武家の屋敷が建ち並び、その合間に町人や寺社の町が点在しているという、面白い所……今の街から想像もできない、そんな土地の様子もぜひ書き残しておきたいと思った」

と語っていた。

諸田さんの思いが結実、坂の多い町を背景にした「狸穴あいあい坂」シリーズは、元火盗改《かとうあらため》の祖父・溝口幸左衛門《みぞぐちこうざえもん》と暮らす結寿《ゆず》・十七歳を主人公に、ムジナを探す八丁《はっちょう》堀《ぼり》同心・妻木道三郎《つまきみちさぶろう》との出会いから始まる『狸穴あいあい坂』、季節がめぐり妻木への

ままならぬ思いを秘め、御先手組《おさきてぐみ》の小山田万之助《おやまだまんのすけ》に嫁いでゆく『恋かたみ』、そして妻となり穏やかな日々のなか婚家が事件に巻き込まれる『心がわり』が三作目である。

結寿と祖父が住むのは裏庭に山桜桃《ゆすらうめ》の大木があるところから「ゆすら庵《あん》」と呼ばれていた口入屋《くちいれや》の離れ。一編ごとに山桜桃は、「裸枝が思い思いに空を突き刺していた」「春になると蕾《つぼみ》もほころびかけて」「そしていっせいに開き」「初夏には小さな赤い実をつけ甘酸っぱい果肉で家人を楽しませ」「やがて枯れ色に染まり」「強風が吹くたびに早々と見切りをつけた葉っぱが舞い落ちる」……、このような描写によって私たちは時の流れ、風の匂いを感じとり、四季の移ろいをなんなく得ているのではないだろうか。

この物語は結寿と妻木の恋の行方と、狸穴界隈で起こる不思議な事件を絡ませた捕り物帳でもあるが、人を想い、慕いながら思うように進むことのできない、脇道にそれてしまった者たちへの慈しみがある。

なぜ乳母はややこを連れて行方をくらましたのか「涙雨」、夫婦の心のすれ違いの修復「割れ鍋のふた」、意に染まぬ縁談に追い詰められた武家の娘のとった行動「ぐずり心中」など（『狸穴あいあい坂』）。

付け火の犯人として追われる旗本家奥女中と奥方と当主のそれぞれの胸の奥底「春の雪」、父が結寿と亡き母への思いを示した「恋の形見」、駆け落ちの行く末を見て妻木道三郎との一瞬の夢の儚《はかな》さを思い知った「駆け落ち」など（『恋かたみ』）。

恋の形もさまざまだ。

「鬼の宿」は近所に住む俳諧《はいかい》師匠兼絵師で幸左衛門の茶飲み友達、弓削田宗仙《ゆげたそうせん》の門下、吉也《きちや》の恋だ。吉也は旗本に嫁いだが夫亡きあと家を出て荒れ果てて葎《むぐら》屋敷と呼ばれる屋敷に住んでいる。隠宅に籠《こも》って人にはめったに会わぬ老女・吉也は、

迸《ほとばし》る泉知らずや金葎

灸花《やいとばな》朱芯にまどう終《つい》の家

燃え尽きよ短夜《みじかよ》のゆめ鬼の宿

と、女の燃える思い、男に惚《ほ》れてしまった女の気持ち、老いらくの恋の終焉《しゅうえん》を詠んでいる。淋《さび》しさのすき間を埋めるような艶《あで》やかな日もあったにちがいない。ここには諸田さんの恋をする女への共感と自身の気持ちが仮託されているように思われる。

十年ほど前になるだろうか、作家の宇江佐真理《うえざまり》さんと諸田さん、私たち編集者数名で食事をしたときのこと。諸田さんは「恋する、恋していたい、今も恋している……」とおっしゃって、そんな気持ちから遠ざかっていた宇江佐さんと私は少々慌ててしまった。恋する気持ちや愛する気持ちを忘れないことが若さの秘訣《ひけつ》ともいうが、諸田さんの心根は愛《いと》しさだけではなく相手を思いやる心を大切にしているのだ。それは読者や本作りにかかわった人たちへの、また講演会やサイン会、トークショーにお出《い》でのお客様に対す

る気持ちにあらわれている。遠方からいらした方にねぎらいの言葉をかけ、会場の方々にキレのいいダンスを披露して大いに盛り上げ楽しませてくれたこともある。今自分が出来ることは何なのかを常に考えているからではないだろうか。

例えば、望まれて嫁ぎあたたかくむかえられた小山田家のお婆《ばあ》さま（万之助の祖父の従妹にあたる）と結寿が陽にぬくまれながら過ごすひと時の会話に、祖父・幸左衛門との時には強い口調での会話であっても、また「寒さを感じるようになって、真っ先に縫ったのは夫の袷《あわせ》。その次がお婆さまの綿入れちゃんちゃんこで、三番目のこの綿入れは祖父の幸左衛門のためのもの」など、相手を気遣う優しさを覚えるのだ。身内であるだけに娘であれば気恥ずかしいことでも孫娘の立場であれば容易なこともある。ここには結寿に託した、娘である諸田さんの両親への思いがあるのではないだろうか。ああすればよかった、こうもすればよかったと亡くなって思い至ることは多い。それでも諸田さんがお母様の晩年を大事にし傍らにいて幸福で濃密な時を過ごしただろうことを嬉《うれ》しく思うのだ。

『心がわり』は、一編一編が独立しているものの前二作よりは大きな流れでの連作長編の趣がある。お婆さまの親類と称する山伏の恰好《かっこう》をした柘植平左衛門《つげへいざえもん》が小山田家の離れに住みつくのだが、彼のもくろみは何なのか。小山田家が巻き込まれる事件とは。危機を乗り越えようとする結寿と万之助。お互いの気遣いが過ぎてはいけません、と言いたくなるほどのもどかしさ。しかし万之助には穏やかながら洞察力のある無口な男の、妻木道三郎とはまた異なる魅力がある。

この二人と結寿との関わりが物語の奥行きになり、周囲の人物が作品を明るくしてくれる。なかでも幸左衛門の小者《こもの》で元幇間《ほうかん》の百介《ももすけ》のなにごとも柳に風と受け流す軽みの中の度胸の良さ。口入屋の次男の小童《こわっぱ》・小源太《こげんた》はこまっしゃくれだがいつでも結寿の味方と威張っている。どんな若者になっていくのだろうかと想像してみるのも楽しいこと。

「狸穴あいあい坂」シリーズは結寿の成長の物語でもある。お互いの幸せを願っての別れに妻木は言う「人は変わる、歳月は悲しみを癒《いや》してくれる」と。「妻木さまを忘れることにします。……でも、……この坂を歩いているときは、妻木さまを思い出すことにします」と結寿。嬉しい時も悲しい時も厄介事が起きた時も、狸穴坂が心のよりどころの大事な場所になり、新しい道を見つけていく。その成長を誰よりも願っていたのは諸田さん。

村上豊《むらかみゆたか》さんのカバー絵は三作それぞれに、娘から恋する女、新妻へと変わっていくさまが見事に描かれている。そこには固いうなじの線が少しふっくらした肩になり、背にそこはかとなく色が匂うような結寿がいる。

時代がもしを許すのなら、諸田さんは結寿のような武家の娘だったのではないかと思うことがある。凜《りん》とした佇《たたず》まいもさることながら、声高に言うことはないけれど真をつく言葉、時に気弱な面をかいま見せる着物姿の諸田さんが結寿のその後に見えてくる。

（やしろ・ゆうこ　編集者）

初出誌「小説すばる」二〇一一年九月号より二〇一二年九月号まで隔月連載
この作品は二〇一二年十二月、集英社より刊行されました。

諸田玲子の本

狸穴《まみあな》あいあい坂

かつて火盗改与力として豪腕をふるった祖父と暮らす結寿。ひょんなことで知り合った八丁堀同心・妻木と共に麻布狸穴界隈で起きる不思議な事件の解決に力をつくす連作時代小説。

恋かたみ　狸穴あいあい坂

火盗改方与力の娘・結寿と同心・妻木道三郎は恋仲。だが、道三郎は子持ちの寡夫の上、旗本と御家人では身分違い、さらには結寿に縁談が！　ままならぬ二人の許に次々と事件が……。

集英社文庫

諸田玲子の本

炎天の雪（上・下）

宝暦の金沢城下。駆け落ちをした細工人・白銀屋与左衛門と武家の娘・多美。二人の前に、加賀騒動の生き残り、鳥屋佐七が現れ……。過酷な運命に巻き込まれた男女の激しく切ない物語。

四十八人目の忠臣

恋人の礒貝十郎左右衛門のため討ち入りを助け、本懐後は、赤穂浅野家再興を目指し、将軍家に近づいた実在の女性。浪士と将軍に愛され歴史に名を残した側室を描く新しい忠臣蔵。

集英社文庫

心《こころ》がわり　狸穴《まみあな》あいあい坂《ざか》

2015年12月25日　第1刷
2023年 3 月13日　第2刷

定価はカバーに表示してあります。

著　者　諸田玲子《もろたれいこ》

発行者　樋口尚也

発行所　株式会社　集英社
東京都千代田区一ツ橋2-5-10　〒101-8050
電話　【編集部】03-3230-6095
【読者係】03-3230-6080
【販売部】03-3230-6393（書店専用）

印　刷　凸版印刷株式会社

製　本　凸版印刷株式会社

フォーマットデザイン　アリヤマデザインストア　　マークデザイン　居山浩二

ISBN978-4-08-745391-1 C0193